KB024785

지소연 인터뷰집

너의 꿈이 될게

지소연 인터뷰집

너의 꿈이 될게

1판1쇄 펴냄 2023년 7월 10일

지은이 지소연·이지은

펴낸이 김경태 | 편집 홍경화 남슬기 한홍비
디자인 박정영 김재현 | 마케팅 유진선 강주영 | 경영관리 곽라흔
펴낸곳 (주)출판사 클
출판등록 2012년 1월 5일 제311-2012-02호
주소 03385 서울시 은평구 연서로26길 25-6
전화 070-4176-4680 | 팩스 02-354-4680 | 이메일 bookkl@bookkl.com

ISBN 979-11-92512-36-5 03810

이 책은 저작권법에 의해 보호를 받는 저작물이므로 무단 전재 및 무단 복제를 금합니다.
잘못된 책은 바꾸어드립니다.

지소연 인터뷰집

너의
꿈이
될게

지소연
이지은

추천사

콜린 벨 __ 대한민국 국가대표 감독

지소연은 월드클래스다. 열린 공간을 스스로 찾는 플레이어이며, 현명하고 기술적인 선수다. 다른 선수들에게도 좋은 플레이를 하게 만든다.

김혜리 __ 대한민국 국가대표 주장

축구 선수로서 단점을 찾기 힘들다. 체격은 작지만 그만큼 상황 판단이 정말 빠르다. 주변 선수들에게 좋은 패스를 연결하는 것도 훌륭하지만 본인이 찬스를 만들어서 해결하는 능력도 뛰어나다. 대단한 기록과 업적을 이룬 지소연은 명실상부 여자축구 선수들의 롤 모델이며 항상 후배들이 좋은 환경에서 축구할 수 있게 노력하는 멋진 친구다.

권은솜 __ 광저우 아시안게임 여자축구 동메달

축구는 팀플레이지만, 경기를 혼자 힘으로 바꿀 수 있는 선수가 있다면 단연 지소연이다. 가는 길이 언제나 최초이자 최고인 현재진행형 선수.

심서연 __ 대한민국 국가대표

과거, 현재, 그리고 미래에도 대한민국 여자축구를 위해 함께
뛰어줄 우리의 영웅. 이제는 누군가의 꿈이 된, 그리고 앞으
로도 멋진 꿈을 이뤄갈 사람.

이금민 __ 대한민국 국가대표

날카로운 집중력은 나를 늘 긴장시켰고, 함께 뛸 때마다 발전
하는 모습으로 나타나 무서웠다. 태극 마크의 무게를 알려준
선배인 동시에 존재만으로 힘이 되는 존재다.

이민아 __ 대한민국 국가대표

지소연은 대한민국 여자축구의 역사이자 레전드. 그와 같은
시대에 플레이할 수 있음에 감사한다.

임선주 __ 대한민국 국가대표

지소연은 나의 친한 친구이자 나의 축구 멘토. 그의 플레이
를 본다면 누구든 그가 세계 최고 선수 중 하나라는 데 동의
할 것이다.

최유리 __ 대한민국 국가대표

지소연은 대표팀과 여자축구의 무게 중심이며, 나의 꿈을 열
어준 사람이다. 그 덕분에 나는 오늘도 성장하고 있다.

추효주 __ 대한민국 국가대표

나는 지소연의 경기를 보면서 꿈을 키웠다. TV에서 보던 지
소연과 그라운드에서 함께 뛰는 건 나의 영광이고 자랑이다.
나는 그의 모든 걸 배우며 그라운드에서 오랫동안 함께하고
싶다.

김민우 __ 전 대한민국 국가대표

지소연은 한국축구가 가진 큰 행운이다. 나는 그가 이루어낸
성과뿐만 아니라 한국축구에 끼친 영향력에 대해서도 주목하
고 싶다. 그것은 단순히 재능만 가지고 이룰 수 있는 것이 아
니다. 끊임없는 노력과 흔들리지 않는 정신력이 더해졌기 때
문이며, 같은 축구 선수로서 이러한 모습을 존경한다. 한국
여자축구의 성장에 있어서 지소연이 가장 큰 기여를 했다는
것은 그 누구도 부정할 수 없을 것이다. '여자가 무슨 축구?'
라는 일부 사람들의 의문을 지소연은 결과로 증명했다. 또한
지소연이라는 한 선수로 인해, 같은 꿈을 꾸고 있는 유소년
선수들도 용기와 희망을 얻고 있을 것이다.

박지성 __ 전 대한민국 국가대표

지소연은 최고의 축구 선수다. 하지만 그는 자신의 이야기를
많이 하지 않는다. 그런 그가 자신의 이야기를 담아 책을 펴냈
다. 축구를 사랑하는 이들, 꿈을 좇는 이들과 함께 읽고 싶다.

이청용 __ 2022년 K리그 MVP

첫 만남부터 지금까지, 동료로서 그리고 동생으로, 축구로도 인간적으로도 참 매력 있는 지소연이 적혀 있다. 내가 아는 지소연을 이 책으로 모두 함께 알았으면 좋겠다.

이시하라 다카요시 __ 전 INAC 고베 레오네사 감독

지소연을 처음 만났을 때 나는 큰 충격을 받았다. 그가 일본에 왔을 때 고작 만 18세였고, 내가 감독이 되었을 때는 만 21세에 불과했다.

사와 호마레 __ 2012년 발롱도르 수상자

'여자 메시'라는 별명이 어울리는 누구나 인정하는 천재이며 유일무이한 선수. 앞뒤 없이 솔직하고 순수한 사람.

가와스미 나오미 __ 전 INAC 고베 레오네사 주장

세계가 인정하는 최고의 선수 중 한 명. 필드 밖에서의 장난스러운 얼굴과 달리 지소연과 함께 플레이를 할 때면 마치 나도 능숙해진 것 같은 마법에 걸렸다.

다나카 아스나 __ 전 일본 국가대표

세계 넘버 원 플레이어인 지소연과 함께 뛸 수 있었던 기억은 나에게 평생의 보물이다.

엠마 헤이스 __ 첼시 FC 위민 감독

WSL 역사상 가장 뛰어난 선수 중 한 명을 지도하게 된 것은 영광이자 특권이었다. 경기장 안팎에서 클럽의 성장을 도왔고, 덕분에 우리는 훨씬 더 나은 위치에 있게 되었다.

폴 그린 __ 첼시 FC 위민 팀매니저

지소연은 팀과 WSL 전체의 '전설'이 되었다. 팀의 성공에 기여한 점과 개인적 성공으로 인해 그는 WSL 역사상 리그 최고의 영입 선수로 기록될 것이다.

서맨사 커 __ 호주 국가대표

지소연이 경기장 안에서 보여줬던 클래스로 인해 그를 그리워하겠지만, 우리는 분명 경기장 밖에서도 그리워할 것이다.

에린 커스버트 __ 스코틀랜드 국가대표

지소연은 마술사다. 경기를 바꿀 수 있다는 게 정말 대단하고, 나도 그런 점을 배우려고 노력 중이다.

클래어 래퍼티 __ 전 잉글랜드 국가대표

타고난 재능이 있는 지소연의 플레이를 보고 있으면 '와우' 하는 감탄사가 절로 나온다. 지소연은 자신이 잘한다는 걸 알고 있었다. 불안해하지 않았고, 증명하려고 온 것도 아니었다. 언어 장벽이 그에게는 아무런 영향을 미치지 않았다.

린지 존슨 __ 전 잉글랜드 국가대표

지소연은 공을 빼앗기 너무 어려운 지능적인 선수였다. 매우 창의적이었고 아주 영향력이 있었다.

질 엘리스 __ 전 미국 국가대표팀 감독

대한민국의 10번 지소연은 월드 클래스다. 우리가 지소연을 막기 위해 강한 압박을 했음에도 쉽게 풀어냈다. 그는 특별하다.

ESPN

중원의 마에스트로인 지소연은 첼시 FC 위민의 공격이 완벽한 리듬을 타도록 지휘했다. 때때로 그가 얼마나 훌륭한 선수인지 간과하지만, 그는 자신의 전성기 8년 동안 WSL에서 열한 개의 트로피를 들어올리는 데 기여했다.

가디언

첼시 FC 위민의 마술사.

스카이스포츠

첼시 FC 위민의 플레이메이커 지소연은 공격의 중심에 있었다. 그는 중원에서 늘 공간을 찾아냈고, 누구도 못 보는 공간에, 믿기 어려울 정도로 날카로운 패스를 해냈다.

프롤로그

축구가 좋다. 축구가 너무너무 좋아서 여전히 잘하고 싶고, 더 오래 하고 싶다.

동료와 소통하는 법, 상대를 존중하는 법, 나를 들여다보는 법, 목표를 향해 가는 법 등 내가 알고 있는 모든 것은 축구에서 배웠다고 해도 과언이 아니다. 그래서 '축구'로 가득한 내 이야기가 누군가에게 필요한 이야기일 거라고 생각하지 않았다. 사실 여러 차례 받았던 강연과 출간 제안도 그런 이유로 거절했다.

12년 만에 한국으로 돌아온 뒤, 출간 제안을 받았다. 그런데 이번 제안은 '인터뷰집'이라고 했다. 나의 생각과 경험을 다양한 주제로 자유롭게 이야기할 수 있다는 점이 좋았다. 또 내가 돌아온 이유와도 닿아 있었다.

눈 내리던 날에 시작했던 인터뷰는 5월의 문턱에서 끝났다. 여러 차례 인터뷰를 하면서 그동안 언론을 통해 짤막하게 전했던 나의 성장 과정과 축구 선수로서의 경험을 좀더 자세히 이야기하려고 노력했다.

일본 INAC 고베 레오네사와 영국 첼시 FC 위민, 국가대표 등 커리어에 관한 이야기뿐 아니라, 선택의 과정들, 경기는 어떻게 준비하는지, 축구에서 어떤 것을 중요하게 생각하는지, 고민은 무엇인지, 앞으로 무엇을 꿈꾸는지도 얘기했다.

이 책이 축구 팬들께는 작은 즐거움이 되었으면 좋겠다. 또 나의 이야기를 통해 조금이라도 더 많은 분이 여자축구에 관심을 가지길 바라본다. 무엇보다 어린 선수들과 동료들에게 내가 걸어온 길이 가볼 만한 길로 보였으면 좋겠다. 내가 그들에게 꿈이 된다면 더 바랄 것이 없다. 좀더 자신을 믿고 꿈을 꾸며, 목소리 내길 부끄러워하지 말고 부딪혀보기를 희망한다.

마지막으로, 안 될 거라는 주변의 우려와 걱정, 어려운 현실로 인해 좌절하고 있는 분들이 있다면 포기하지 말고 도전했으면 좋겠다. 나는 누군가 불가능하다고 할 때마다, 내 앞에 한계를 만날 때마다, 매일 해야 하는 것들을 꾸준히 하며 불가능과 한계를 넘어섰다. 내가 가능했다면 여러분도 충분히 할 수 있다.

이 책이 나오기까지 감사한 분들이 많지만, 누구보다 언제나 나의 선택을 존중해주었던 엄마, 김애리 씨에게 꼭 감사의 말을 전하고 싶다. 엄마의 지지와 헌신이 아니었다면, 지금의 지소연은 없었으리라 확신한다.

2023년 6월
지소연

11

지소연 주요 약력

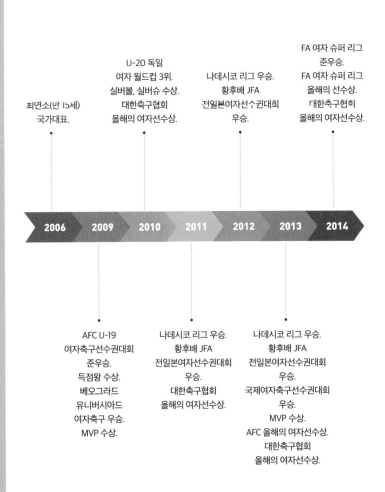

최연소(만 15세)
국가대표.

U-20 독일
여자 월드컵 3위.
실버볼, 실버슈 수상.
대한축구협회
올해의 여자선수상.

나데시코 리그 우승.
황후배 JFA
전일본여자선수권대회
우승.

FA 여자 슈퍼 리그
준우승.
FA 여자 슈퍼 리그
올해의 선수상.
대한축구협회
올해의 여자선수상.

2006   2009   2010   2011   2012   2013   2014

AFC U-19
여자축구선수권대회
준우승.
득점왕 수상.
베오그라드
유니버시아드
여자축구 우승.
MVP 수상.

나데시코 리그 우승.
황후배 JFA
전일본여자선수권대회
우승.
대한축구협회
올해의 여자선수상.

나데시코 리그 우승.
황후배 JFA
전일본여자선수권대회
우승.
국제여자축구선수권대회
우승.
MVP 수상.
AFC 올해의 여자선수상.
대한축구협회
올해의 여자선수상.

FIFA 캐나다
여자 월드컵
대한민국 여자축구 사상
첫 월드컵 16강.
FA 여자 슈퍼 리그
첼시 레이디스 FC 첫 우승.
2014-15 위민스
FA컵 우승.
PFA 올해의 여자선수상.

A매치 100경기 달성,
FIFA 센추리 클럽
가입.
2017-18 FA 여자
슈퍼 리그 우승.
2017-18 위민스
FA컵 우승.

2019-20 FA 여자
슈퍼 리그 우승.
2019-20 위민스
리그컵 우승.
위민스 FA
커뮤니티 실드 우승.

AFC 여자
아시안컵 준우승.
2021-22 FA 여자
슈퍼 리그 우승.
2020-21 위민스
FA컵 우승.
2월 12일 WSL
14라운드 경기에서
아스널을 상대로
통산 200번째 경기 출전.
대한축구협회
올해의 여자선수상.

2015 2017 2018 2019 2020 2021 2022

FA 여자 슈퍼 리그 우승.
FA WSL 스프링
시리즈 우승.

대한축구협회
올해의 여자선수상.

2020-21 FA 여자
슈퍼 리그 우승.
2020-21 위민스
FA컵 우승.
2020-21 FA 위민스
리그컵 우승.
대한축구협회
올해의 여자선수상.

차례

국가대표 지소연

2002년 한국 일본 월드컵(이하 2002년 월드컵)의 함성과 열기를 느끼던 열두 살 지소연은 그라운드를 누비는 박지성을 보며 '나도 국가대표가 되고 싶다'고 마음속으로 생각했다. 그리고 얼마 지나지 않아 2006년에 최연소(만 15세) 국가대표가 되었고 2010년 20세 이하 독일 여자 월드컵(이하 2010년 U-20 월드컵)에서 세계적으로 깊은 인상을 남기는 기록을 세웠다. 그로부터 18년이 지났다. 자신의 인생 반 이상을 국가대표로 뛰었다. 대한민국 축구 선수로 A매치 144경기, 66득점이라는 독보적 기록(2023년 5월 기준)을 지닌, 여자축구 국가대표팀의 대표 선수 지소연은 여전히 기록을 갱신 중이다. 국가를 대표해 경기를 뛴다는 건 어떤 기분일지, 팀 안에서 경험이 많은 선배로서 어떤 역할을 하고 있을지 궁금했다.

자부심이라는 책임감

최연소, 최초, 최다, 최고

이지은 ▶ 국가대표 지소연에 대해 우선 이야기를 나눠보고 싶어요. 2006년 만 15세 때 처음 발탁되어 역대 최연소 국가대표가 되었어요. 국가대표로 뛰고 싶다는 꿈을 이룬 순간이 예상보다 빨리 찾아왔는데 기분이 어땠을까요?

지소연 ▶ 어리둥절했어요. 공식 기록으로는 남지 않았는데 첫 데뷔는 서울월드컵경기장에서 했던 피스퀸컵 국제축구대회(이하 피스퀸컵) 브라질전이었어요.● 국가대표 유니폼을 입고 들어갔던 순간이 아직도 생생하게 기억나거든요. 정신이 없었어요. 그 기분을 만끽하느라 경기를 어떻게 뛰었는지 기억이 잘 안 나요. 딱 그 순간이 너무 강렬해서.

공식적인 기록으로 A매치 데뷔전은 그다음 경기인 캐나다전이에요. 데뷔골은 같은 해 카타르 도하에서 열린 2006년 아시안게임 대만전에서 넣었고요. 제가 데뷔골, 멀티골을 넣으면서 치른 경기였어요.●●

와! 아시안게임에서 데뷔 골이라니요. 처음 국가대표로서 태극 마

● 2006년 10월 28일 피스퀸컵 브라질전에서 지소연은 등번호 25번을 달고 뛰었으나 공식 기록에서는 제외되었다.
●● 지소연은 2006년 11월 30일에 열린 아시안게임 대만전에서 데뷔골을 넣으면서 대한민국 역대 최연소 A매치 득점자로 기록되었다. 이날 한 선수가 한 경기에서 두 골 이상 넣는 멀티골을 기록하기도 했다.

크를 달고 수만 명의 관중이 가득 찬 큰 경기장에 들어선다는 것. 상상만으로도 분위기에 압도될 것 같은데요.

첫 경기였던 브라질전을 돌이켜보면 후반 10분 정도 남은 상황에서 교체로 들어갔어요. 상대인 브라질 선수들과 경기를 하는데 충격이 컸어요. 너무 잘해서. 그간 해왔던 축구와 너무 달라서 '이게 뭐지?' 하면서 많이 당황했어요. 제가 뛰어야 하는데 관중처럼 상대 선수를 보고 있는 거예요. 그런 저 때문에 또 한 번 충격을 받았고요.(웃음)

그러고 있으니 벤치에서 "너 뭐 해! 경기 뛰라고 들여보냈더니 구경만 하고 있으면 어떻게 해" 외치더라고요. "아, 네" 하고 대답했지만 계속 상대 선수 플레이를 구경하는 기분이었어요. 짧지만 정말 강렬했어요.

국가대표로서 뛰는 첫 경기부터 강한 팀을 만나서 새로운 세계로 진입했던 거군요. 클럽에서 뛸 때와 국가대표로 경기에 임하는 기분은 아무래도 다를 것 같아요. '내가 국가대표다'라고 느낄 때요.

국가대표 경기는 애국가를 먼저 부르고 시작하잖아요. 그러면 관중석에서도 애국가를 크게 따라 불러주시는데, 그럴 때마다 뭉클하고 사명감을 느껴요. 저도 모르게 눈물이 나와요. 이걸 뭐라고 표현할 수 없어요.

클럽에서도 승리하기 위해 최선을 다해서 뛰지만, 국가대표 경기가 주는 무게는 달라요. 대한민국에서 단 한 명만 설 수 있는 자리, 축구선수라면 누구나 꿈꾸는 자리에서 뛰는 거잖아요. 저희를 통해서 대한민국의 축구를 평가하는 거라 친선 경기든 국가 대항전이든, 나라를 대표해서 나온 선수라는 것을 되새겨요. 그렇기 때문에 대충 뛰어서는 안 된다고 마음가짐을 달리해요. 자부심도 느끼고, 동시에 책임감도 느끼죠. 2022년 카타르 월드컵에서도 보셨겠지만, 홍민이(손흥민)도 애국가 부르고 울컥해서 "가자, 가자" 이렇게 소리치잖아요. 그 마음 너무나 이해돼요.

2010년 U-20 월드컵에서 3위에 오르는데, 여덟 골을 넣으며 큰 역할을 했어요. 당시 영상을 보니 관중이 꽉 차서 어마어마한 분위기였던 것 같은데, 어떤 인상으로 남아 있나요?

17세 이하(U-17) 월드컵과 다르게, U-20 월드컵에서는 매 경기에 관중이 꽉 찼거든요. 이게 축구인들의 축제, 월드컵이라는 거구나 하고 크게 와닿았어요. 그렇게 많은 관중 앞에서 제가 가진 기량과 퍼포먼스를 보여준다는 게 정말 기뻤고 마냥 신났던 것 같아요. 내가 축구하는 모습을 우리나라 사람들뿐 아니라 전 세계에 보여준다는 것도 흥미로웠고요.

8강에 오른 것도 처음이었는데, 우선 첫 경기인 스위스전에서 해트트릭●을 했어요. 당시 경기 분위기가 기억나나요?

● 한 선수가 한 경기에서 3득점을 하는 것을 뜻한다. 점수가 적게 나는 축구 경기의 특성상 쉽지 않은 일이다.

'황금세대'●라고 불리던 선수 대부분이 그때 대표팀 멤버로 있었고, 어렸을 때부터 발을 맞춰온 선수들과 함께 좋은 퍼포먼스를 보여줄 수 있다는 게 무척 좋았어요. 어느 팀이랑 싸워도 우리가 이길 자신 있다, 자신감이 넘쳤던 걸로 기억해요. 스위스가 유럽 강호였지만 저희가 워낙 준비를 잘해왔으니 물러서지 말고 대담하게 해보자 하고, 앞에서부터 강하게 압박을 하면서 경기를 주도했어요. 4대 0으로 이겼은 거예요. 월드컵에서 골을 넣는 건 꿈만 꿨던 일인데, 그게 현실이 되니까 '꿈은 이루라고 있는 거구나' 하는 생각이 들어서 되게 감격스러웠고 굉장히 벅찼어요.

그다음에 있던 가나전에서는 1대 0으로 지고 있던 상황에서 전반 40분에 김나래 선수가 얻은 프리킥 기회를 골로 만들고 그다음에 후반 41분에 헤더로 마무리해서 4대 2로 8강 확정을 했어요. 어디까지 올라가는 걸 목표로 잡았던 걸까요?

어디까지 올라가자가 아니라 한 경기 한 경기 최선을 다해보자는 마음으로 경기에 임했어요. 왜냐하면 저희 조에는 아프리카 팀도 있었고 유럽 팀, 그다음에 남미 팀이 있어서 굉장히 까다로웠거든요. 사실 우리가 어디까지 올라갈 수 있을지, 가기 전에는 몰랐어요.

● 1988년생 조소현, 전가을, 1990년생 권은솜, 1991년생 지소연, 김혜리, 이민아, 1992년생 이영주 선수 등이 2010년 U-17 월드컵 우승, U-20에서 3위를 기록하며 등장, 여자축구의 황금세대라 불린다.

아시아 팀만 보다가 전 세계에 잘하는 여자 선수들이 아주 많다는 걸 경기를 치르며 더욱 실감했어요. U-17 월드컵 때도 그랬지만, 17세랑 20세는 확 다르거든요. 그럼에도 2010년에는 정말 재미있게 월드컵을 즐겼어요.

그런 분위기에 영향을 받아서 더 활약할 수 있나 봐요. 4강전 독일에게 1대 5로 패했음에도 후반 18분에 넣은 만회골이 FIFA 선정 경기 최고의 골이 되었어요.

독일과 경기할 때 비가 많이 왔고 개최국이 독일이었던 만큼 만석이었어요. 만원 관중 앞에 서려니 저를 포함해서 저희 선수들이 엄청 긴장했던 게 기억이 나요.

저희 대표팀이 한국을 떠날 때는 아무도 주목하지 않았어요. 그래서 저희끼리 "월드컵에서 돌아올 때는 금의환향할 수 있는 성적으로 돌아오자, 공항 꽉 채워보자"하면서 떠났는데, 저희가 기대했던 것보다도 굉장히 높이 올라간 거예요.

처음에는 주목받지 못하다가 8강에 가니까 미디어에서 주목하기 시작했고, 경험이 없던 어린 선수들이라 미디어로 인해 압박을 느끼거나 들뜨는 게 있었죠. 그렇게 긴장을 많이 한데다 상대도 홈 팀인 독일이었고, 무려 4강이라는 무대에서 만난 거죠. 그런 게 복합적으로 경기에 영향을 미쳤어요. 지금 생각하면, 차라리 좀 편하게 했더라면 원래 저희가 하던 플레이를 할 수 있었을 텐데, 심하게 긴장해서 실수도 잦았던 거 아닌가 싶어요.

그 경기가 끝나고 감독님과 선수들과 어떤 이야기를 나누었나요?

3, 4위 결정전이 남았기 때문에 아직 월드컵이 끝나지 않았다고, 여태까지 잘해왔으니 꼭 좋은 결과 가지고 돌아가자고 얘기했어요. 감독님도 "역사를 쓰고 가자. 우리가 4강에서 졌지만 아직 기회가 한 번 남았다. 끝까지 한번 싸워보자"고 말씀하셨어요. 그래서 3, 4위 결정전에 그 결실을 맺었던 것 같아요. 저희가 그때까지 FIFA 주관 대회에서 3위라는 걸 해본 적이 없을 거예요.

결과적으로는 2010년 U-20 월드컵에서 해트트릭도 달성했고, 실버 볼(최우수선수 2위)과 실버 슈(득점 2위) 수상도 했어요. 그러고 나서 우리나라로 돌아왔을 때는 분위기가 확연하게 달랐을 것 같은데요.

저희가 출발할 때는 카메라가 아예 없었어요. 우리가 월드컵에 가는데도 관심조차 없구나 하고 서운할 수도 있었는데, 사실 그때까지는 그런 일이 되게 당연했어요.

그런데 돌아와서 공항 입국장 문이 딱 열리는 순간, 플래시가 파파팍 터지니까 다들 당황했죠. "무슨 일이야, 도대체" "왜 이렇게 사람이 많아" 이랬어요. 신기하기도 하고, 우리가 해냈다는 생각이 들기도 했어요.

그해는 여자축구의 해였던 것 같아요. 저희가 여자축구의 해가 되도록 문을 열었고, 이어서 U-17 여자 대표팀이 우승을 하면서 굳혔죠. 정말 감격스러워서 공항에서 '눈물의 인터뷰'

도 했어요.

그런데 본의 아니게 이미 저의 가정사가 기사로 많이 나왔더라고요. 그래서 휴게소 같은 곳을 가면, 어르신들이 "아이고 수고했다" 하며 용돈 주시고, 뭐라도 사면 "그냥 가져가세요, 선물이에요"라고 하고, 택시 타도 택시비도 공짜. 정말 부담스러울 만큼 그해에는 다 공짜였어요. 그때 이후로 쭉 도와주시는 분들도 계셔서 여러 부분에서 진짜 감사하죠.

그다음에 2015년 캐나다 여자 월드컵이 있었어요. 12년 만에 16강 진출 확정이었고요.

그때 처음으로 성인 여자 월드컵에 나갔어요. 그런데 토너먼트로 경기를 치르다보니 뛰는 양이 많은 데다 긴장이 더해져서 무리가 되었는지 16강 진출이 확정된 뒤에 저는 허벅지 근육이 파열 직전까지 가면서 출전을 못하게 됐어요. 동료 선수들에게 너무 미안했어요. 월드컵을 준비하면서 상당히 힘들었는데 16강을 못 뛰니, 또 앞으로 4년이라는 시간을 기다려야 한다는 생각에 막막했죠.

선수가 아닌 입장에서 볼 때에는 부상이라는 게 언제 어떻게 올지 모르는 불운 같은 건데, 프로 선수는 책임감 때문에 다르게 느끼나 봐요.

제가 단순해서 그 순간만 힘들어해요. 빨리빨리 털어버리는 성격이죠. 만약에 어제 제가 경기를 못 했어요. 그러면 한두 시간 정도 슬퍼하고, 자책하다가 경기를 다시 돌려보죠. 경기를 다 보면 스스로 빠르게 피드백을 하고 딱 끝내요. 과거 일이니까 다음에 있을 것들을 생각하면서 전진하는 거죠. 당시 부상도 금방 회복했고요.

2018년 3월에 AFC 여자 아시안컵 호주전에서 A매치 100경기를 달성했어요. 만 28세에 센추리 클럽• 가입으로 인터뷰가 쏟아졌고요. 이 기록이 선수에게 갖는 의미를 설명해준다면요.

2006년부터 2023년 현재까지 늘 대표팀 선수로 뛰어왔지만, 대표팀인 걸 당연하게 생각한 적이 단 한 번도 없어요. 20년을 대표팀 선수로 뽑혔어도 100경기 못 뛴 사람이 굉장히 많아요. 그만큼 출전 기회를 얻기가 치열해요. 언제 올지 모르는 부상과도 싸워야 하고, 대표팀 축구 철학에 맞는 퍼포먼스를 보여줘야 하는 등 다양한 변수가 있으니까요. 그래서 한 나라를 대표해서 A매치 100경기를 뛸 수 있다는 건 굉장히 영광스러운 일이고, 사명감을 느끼게 되는 일이에요. 한 경기 한 경기 큰 책임감을 이겨내고 100경기나 되는 그 시간을 보낸 것에 자부심을 느꼈고, 심각한 부상 없이 꾸준히 뛸 수 있었다는 것에 감사했어요. 축구 선수 지소연 인생에 있어서 가장 벅차고 의미 있는 일 중 하나죠.

저와 소현 언니(조소현)가 144경기(2023년 4월 기준), 최다 출

국가대표 지소연

• 국제축구연맹(FIFA)이 공인하는 A매치를 100경기 이상 출전한 선수들의 그룹이다.

전 동률이에요. 후배 선수들이 저희를 보면서 저희만큼 경기를 많이 뛰고 싶다는 꿈을 꾸면 좋겠고, 그 꿈을 이루기 위해 부지런히 따라와줬으면 하는 바람도 있어요. 흥민이가 2022년에 아시아 선수 최초로 프리미어 리그 득점왕을 했잖아요. 그런 성과들이 누군가에게 꿈을 심어주는 것 같아요. '나도 했으니까 너도 할 수 있다'는 메시지를 주죠. 그래서 한 경기, 한 경기 더 뛸 때마다 단지 쌓이는 기록을 기뻐하기보다 더욱 좋은 퍼포먼스를 보여줘야 한다는 책임감을 크게 느껴요.

100경기라는 기록은 결국 꾸준히 쌓아온 실력에 운까지 받쳐줬기 때문에 달성할 수 있었던 거네요.

맞아요. 그래서 제 위치에서 대표팀으로 선발된 팀원들에게 할 수 있는 얘기라면, 지금 그 자리에 있는 걸 당연하게 여기면서 느슨해지면 안 된다는 거겠죠. 국가대표라는 자부심을 갖고 뛰는 게 또 다른 이름의 책임감이라는 이야기와 함께.

센추리 클럽 가입 등 기념이 될 만한 날 '나에게 주는 선물' 같은 건 없나요?

제가 저에게 인색했어요. 저만을 위해 쓰는 게 아까웠는데, 얼마 전에 큰맘 먹고 시계를 하나 샀어요. 시상식을 비롯해서 여자축구 대표로 서는 자리들이 많은데, 그런 자리에 다른 종목 선수들이 번쩍번쩍하게 차고 오더라고요. 처음에는 별생각이 없었는데, 제가 여자축구 선수 대표로 가는 자리에 너무

밋밋하게, 꾸미지 않고 가는 건가 하는 생각이 들었어요.

보이는 것에 의미를 두지 않았는데, 어린 선수들에게는 '나도 저런 멋진 차를 끌 수 있을까' '저런 가방 멜 수 있을까' 하는 게 동기부여가 될 수도 있겠다 싶더라고요. 그래서 고민하다가 시계를 샀는데, 아직 차고 갈 자리는 없었어요.(웃음)

본인을 위해서 어떤 물건을 사기보다 주변에 쓰시는 건가요? 자기가 제일 소중해야 되는데.

네. 저한테 잘 안 써요. 그게 잘 안 돼요. 그래서 지금부터라도 한번 해보려고 합니다.

2019년 프랑스 여자 월드컵 이야기를 해볼게요. 팀이 조별 예선에서 탈락했어요. 그때 경기력이 부진했던 이유에 대해서 골똘히 생각했을 것 같아요.

2019년에는 세계 여자축구가 엄청나게 발전했다는 걸 정말 뼈저리게 느꼈어요. 이렇게 빨리 발전할 수 있을까 하는 생각이 들 정도로 굉장히 큰 격차를 경험했어요. 아시아가 강호였는데 유럽이랑 전세 역전이 된 거예요.

볼도 잘 차고, 피지컬도 좋고, 스피드도 빠르고. 그동안 아시아 선수들이 가지고 있었던 기술적인 장점에 유럽 선수들이 가진 피지컬적인 장점이 합쳐진 거예요. 그래서 진짜 깜짝 놀랐어요. 참패를 하고 왔죠. 참담한 결과를 가지고 왔지만, 한편으로는 전 세계적으로 여자축구 수준이 높아졌다는 기쁨도 있었어요.

하지만 우리는 4년 전과 뭐가 달라졌는가, 어떤 것들이 부족했나, 왜 이렇게 격차가 컸던 건가, 깊이 생각했어요. 돌아보면 준비하는 과정에서 친선 경기, A매치도 별로 못 했어요. 유럽에 나가기 전에 저희가 유럽 팀들이랑 해볼 기회가 부족했던 터라 월드컵에 가서야 유럽 여자축구의 성장을 바로 목격했던 거예요. 이미 그전부터 성장하고 있었을 텐데, 경기를 뛰고 결과를 받아들고서야 우리 대한민국 여자축구가 그들과 얼마만큼 갭을 좁힐 수 있느냐, 그 고민에 빠진 거예요.

그때 선수들과 어떤 이야기를 나눴나요?

진짜 프랑스랑 뛸 때는 그 격차가 너무 크게 느껴졌어요. 말 그대로 완패예요, 완패. 할 수 있는 게 아무것도 없었어요. 나이지리아는 아프리카에서 강호이지만 해볼 만했거든요. 근데 너무 빨라서 놀랐어요. 2019년에는 매 경기 너무 곤혹스러웠어요. 4년 전에는 분명히 저희랑 비슷했는데 갑자기 격차가 커져서 그저 막막했어요.

그 이후로 힘든 시간을 지나 2022년 AFC 여자 아시안컵(이하 2022년 아시안컵)에서 준우승을 했어요. 우승을 못해서 아쉬워했지만 어쨌거나 여자축구 강국이 몰려 있는 아시아에서 준우승이 갖는 의미가 있을 것 같아요.

제가 대표팀 생활을 하면서 결승에 올라간 게 처음이었어요.

클럽에서는 수많은 트로피를 올렸지만 대표팀에서는 18년 정도 뛰면서 트로피를 한 번도 들어올린 적이 없거든요. 아시안컵으로는 작년이 진짜 처음이자 마지막 기회라고 생각했는데 우승을 놓친 거예요.

2대 0으로 이기고 있다가 중국한테 역전당해서 졌죠. 중국 대표팀 때문에 저희가 2020년 도쿄 올림픽을 못 나갔거든요. 그걸 복수하겠다는 생각으로 경기에 임했는데 또 안 된 거예요. 콜린 벨 감독님이 머리끝까지 화가 나서 "다 이겨놓고, 너무 잘해놓고 경기를 왜 이렇게 지느냐" 그러셨죠.

항상 중국, 일본, 호주가 앞서고 맨날 저희가 꼴등이었거든요. 이제는 격차가 많이 좁혀져서 우승할 거라고 기대했는데 안 돼서 너무 아쉬웠어요. 그래도 우리나라 여자축구 최초의 준우승이라는 건 의미 있는 일이자 역사를 쓴 날이니, 다음에 후배들이 꼭 저희 대신 우승컵을 들어올려줬으면 좋겠어요.

2021년이었어요. 2022년 아시안컵 예선 몽골전에서 A매치 59호골을 넣으면서 대한민국 국가대표 A매치 최다 득점자라는 기록을 세웠어요. 당시 인터뷰에서는 "이 기록에 연연하지 않는다. 더 이상의 기록은 의미 없다"라고 했어요. 저는 이렇게 꾸준히 쌓아온 기록이 선수 생활을 보증하는 의미라고 생각하지만, 기록을 쌓아가는 것이 더는 목표가 아니라면 앞으로의 목표, 지금 목표는 무엇일까요?

앞으로 제가 뛰는 게 매번 새로운 기록이 되는 거라서, 최대한 아프지 않고 좋은 퍼포먼스를 보일 수 있을 때까지, 끝까지 하고 싶어요. 제 기량이 떨어진다면 그때는 결정을 하고 내려와야죠. 그러기 전에는 최대한 많은 경기를 뛰고 싶어요. 길어야 한 4~5년 남은 것 같거든요. 그래서 큰 부상 피하는 게 목표예요. 그리고 무엇보다 여자축구가 발전하는 데 힘쓴 선수 중 한 명으로 기억되고 싶어요. '지소연' 하면 '여자축구'를 떠올릴 수 있게 강한 인상을 남기고 싶어요.

이미 충분히 남겼다 싶은데요.(웃음) 국가대표로 소집된 이후, 훈련하는 기간이 있잖아요. 그때 생활은 클럽에서와 좀 다를까요? 각기 다른 팀에서 선수들이 모여서 짧은 시간 안에 팀워크를 만드는 과정도 궁금했어요.

각자 소속팀에 있다가 대표팀에 모여 훈련을 시작하는 거잖아요. 아무래도 좋은 선수들이 모이기 때문에 빠르게 적응해요. 대표팀이 어떤 팀인지 인지를 하고, 서로가 원하는 걸 집중적으로 알아가고요. 우리가 어떻게 해야 월드컵까지 갈 수 있을지 얘기도 많이 해요. 또 어렸을 때부터 연령별 대표팀으로 같이 뛰던 친구들이 지금까지 함께하고 있기 때문에, 모이면 서로 뭘 원하는지 금방 캐치해요. 그래서 팀워크를 만드는 데 오랜 시간이 필요하지는 않아요. 소속팀과 다른 면이라면, 대표팀은 나라를 대표하는 위치이기 때문에 좀더 신중한 플레이를 해요. 선수들끼리 지내는 것에는 별다를 게 없지만요.

국가대표로서 18년 차, 선수 생활의 절반 이상을 국가대표로 뛰었어요. 꽤 오래 활동을 해왔는데 혹시 가장 기억에 남는 경기가 있다면요?

아무래도 가장 최근 경기가 기억에 남아요. 2022년 아시안컵 결승전에서 아깝게 진 중국전이요. 결승에서 호주를 상대할 거로 생각만 했지 중국을 만날 거라고 전혀 예상 못 했어요. 너무 아쉬운 경기라서 더 기억에 남은 거죠.

가장 기분 좋았던 순간이 아니라, 가장 아쉬운 순간을 꼽았네요. 그럼에도 역대 최고 성적으로 2022년 아시안컵에서 준우승을 했는데, 어떤 보상을 받았나요? 뉴스를 보면 남자 선수들은 참가 대회의 결과에 따라 군 면제라는 보상도 있던데, 여자 선수들에게는 어떤 보상을 해주는지 들어보지 못했어요.

저희도 대회에 따라 정해진 상금이 있고 결과에 따라 보상을 받아요. •

그간 아시안컵이나 월드컵에서는 좋은 성적을 거둔 경험이 있는데, 올림픽에서는 아직까지 여자축구대표팀이 본선에 진출하지 못했어요. 2024년 파리 올림픽은 어떨까요?

월드컵보다 올림픽이라는 무대를 가는 일이 진짜 하늘의 별

• 2023년 호주 뉴질랜드 여자 월드컵 총 상금은 약 1천 988억 원으로 역대 최고 금액을 기록했으나, 2022년 카타르 월드컵 총 상금은 약 5천 750억 원이었다.
「호주·뉴질랜드 여자월드컵 총 상금 1천 988억원…'3배 증가'」, 『연합뉴스』, 2023.3.17.

따기더라고요. 지역 예선을 치를 때 아시아에는 티켓이 단 두 장만 주어져요. 그런데 아시아에 여자축구 강국만 다섯 개 팀이에요. 호주, 일본, 중국, 대한민국, 북한. 토너먼트로 진행해서 그중에 단 두 팀만 올림픽에 나가는 건데 쉽지 않아요. 저희 실력이 아무리 많이 좋아졌다 해도, 다른 팀들이 여전히 저희보다 뛰어나거든요. 그렇기 때문에 지금까지 인연이 없었던 거고요. 매번 올림픽에 도전할 때 실력 차를 좁혔다 싶어도 막상 경기를 해보면 차이가 있으니까, 많이 허탈했던 것 같아요.

올림픽 무대가 끝날 때마다 어떻게 해야 올림픽 본선에 진출할 수 있을까, 어떻게 빠르게 실력 차이를 좁힐 수 있을까, 늘 고민해봤는데 다른 팀들과 비교하면서 가려고 하면 오히려 더 크게 한계에 부딪히는 것 같아요. 대회 기간에 매순간 우리가 할 수 있는 만큼 최선을 다하는 게 중요해요. 더 연구하고, 한 발 더 뛰고, 대화도 많이 하는 거죠.

대표팀 성적을 보면 많이 아쉬울 것 같아요. 개인적인 성취와도 다르고, 소속팀에서의 활약과도 다르고요.

우리나라 축구 선수라면 누구나 태극 마크 달고 뛰는 게 정말 꿈이잖아요. 국가를 대표해서 뛰는 자리이니 제일 커 보여야 할 곳인데, 대표팀에 오면 제가 작아지는 느낌이 들었던 적이 있어요.

소속팀에서는 좋은 성적을 내다가 우리 대표팀에 오면 항상

지고, 올림픽도 못 가고 하니까 너무 속상했어요. 여자축구 대표팀이 '졌잘싸(졌지만 잘 싸웠다의 줄임말)'라는 말을 많이 들어요. 그런데 저는 그런 얘기가 싫거든요. 축구라는 건 과정도 중요하지만 결과가 남는 거잖아요. 지는 게 너무 싫으니까 성적이 정말 좋지 않았을 때는 국가대표로서 은퇴를 해야 할지 생각한 적도 있어요.

그렇다고 속상해하고 그 감정에 빠져 있지는 않아요. "국가대표답게 경기를 하자" 하면서 팀원들을 독려하고 저 스스로도 다짐해요. 좀더 책임감을 가지고, 국가대표라는 자부심을 스스로 지키기 위해 매 경기 준비하고 치르는 거죠.

국가대표로 뛰면서 가장 짜릿한 역전승을 꼽아보면요?

2015년 캐나다 여자 월드컵 당시 스페인전이요. 16강에 올라가기 전 조별 리그 마지막 경기였어요. 반드시 이겨야만 하는 경기인데 1대 0으로 지고 있다가 2대 1로 역전해서 16강을 갔어요. 그 두 골이 후반전에 다 들어갔어요. 우리나라 여자축구 역사상 최초 16강 진출이었고요.

저희는 솔직히 잃을 게 없었어요. 1대 0으로 지든 2대 0으로 지든, 떨어지는 건 떨어지는 거니까. '물러설 데가 없다. 한번 해보자' 하는 심정으로 진짜 죽도록 뛰었는데, 후반 8분에 소현 언니가 기가 막힌 헤더로 골을 넣었고, 두번째 골은 수연 언니(김수연)가 운이 좋게도 '슈터링'*한 게 들어가고. 하이라

국가대표 지소연

---

* 슛인지 크로스인지 애매하게 골문을 향하여 공을 차는 것이다.

이트는 경기 끝날 때쯤 스페인이 프리킥을 얻은 때였어요. 저희로서는 위기를 맞았는데 스페인 선수가 찬 볼이 골대를 맞고 나온 거예요. 경기가 끝나지도 않았는데 저희 선수들은 모두 "와 끝났다!" 소리 지르고 난리가 났죠. 그리고 몇 초 후에, 진짜 끝났어요. 2015년에 최초로, 16강 진출을 한 거예요. 1승 1무 1패로.

지금 다시 떠올려도 16강 진출을 확정 짓던 순간, 정말 짜릿했겠어요. 그렇게 역전승을 한 경기가 있는 반면, 역전패하는 경우도 있죠. 앞서 이야기했던 2022년 아시안컵 결승전, 경기 93분에 역전골을 허용하고 중국한테 졌어요. 후반전에 몰아서 골을 먹히는 상황, 이런 일은 왜 일어나는 걸까 관중 입장에서는 궁금했어요.

저희가 중국을 상대로 앞설 거라는 걸 아무도 생각하지 않았을 거예요. 홈에서도 2대 1로 졌던 전력이 있기 때문에 중국은 상대하기 어려울 거로 생각했어요. 그런데 그날은 예상과 달리 저희가 전반부터 2대 0으로 이기고 있었어요. 팀 분위기는 벌써 이긴 것처럼 들썩였고요. 후반이 시작했을 때도 여전히 들떠서 우승하고 끝난 듯한 분위기였어요. 그러다 한 골 먹히고 분위기를 중국에 뺏기니까 불안해진 거예요. 그렇게 가다가 역전패한 거죠.

결승에 진출한 것만으로도 선수들이 너무 격앙되어 있었어요. 그때로 다시 돌아간다면 저뿐만 아니라 경험이 있는 친구들에게도, 어린 친구들에게도, 다 같이 한번 가라앉히고, 경기 종료 휘슬이 울릴 때까지 침착하자고 얘기할 거예요. 그때 정말 많이 배웠어요.

'공은 둥글고, 경기는 90분간 진행된다'는 말이 괜히 나온 게 아니네요.
처음 발탁된 이후로 지금까지 여자축구의 변화나 발전들을 몸소 경험해왔을 텐데 아직도 여자축구에 대해 언론 관심이 적잖아요. 2022년에 우리나라로 돌아온 가장 큰 이유 중에 분명히 여자축구에 힘을 보태려는 의지가 중요하게 작용했을 텐데요.

제가 한국에 왔다 해도 영향력은 그리 크지 않아서 언론에 노출되는 것도 적지만, 대표팀은 좋은 방향으로 나아가고 있다고 믿어요. 지난 아시안컵 무대에서도 좋은 성적을 냈고, 또 유럽이나 아프리카 팀과 친선 경기를 경험하며 2023년 호주 뉴질랜드 여자 월드컵을 바라보면서 전진하고 있잖아요.
콜린 벨 감독님이 저희를 굉장히 강하게 이끌고 있어요. 마인드부터 하나하나 뜯어고쳐서 더 강한 팀을 만들기 위해서요. 감독님이 발버둥질하는데 선수들이 안 따라갈 수 없거든요. 수장을 믿고 한번 따라가봐야 그 끝이 어떻게 되는지 알 수 있겠죠. 16강이라는 무대에 한 번 더 오르기 위해 모든 선수가 한마음으로 준비하고 있어요.
매 순간 최선을 다해서 결과를 보여드리면, 매체 노출이나 대중의 관심은 그 후에 따라오는 거겠죠. 은퇴하기 전에 꼭 한 번 여자축구 붐을 일으키고 싶어요. 스스로를 믿고 우리 대표팀 선수들을 믿고 가봐야죠.

대표팀의 훈련 환경이나 시스템도 전반적으로 좋아지고 있나요?

그간 여자축구대표팀은 A매치가 부족했는데요. 콜린 벨 감독님이 오고 나서 A매치 기간에 경기를 많이 하려는 노력이 보여서 굉장히 뿌듯해요. 2023년 2월 초에 영국 아놀드 클라크컵에서 저희를 초대했어요.● 그동안 저희를 부르는 일이 잘 없었는데 2022년 AFC 여자 아시안컵에서 2등을 했기 때문에 부른 거겠죠.

세계적인 강팀이랑 경기를 할 수 있다는 게 긍정적인 신호죠. 월드컵에 가기 전에 영국, 벨기에, 이탈리아라는 유럽 강팀들과 원정 경기를 했다는 건 저희에게 큰 이득이에요. 저희가 다섯 골을 먹든 여섯 골을 먹든 그 안에서 얻을 수 있는 건 최대한 다 얻고 올 예정이었어요. 이런 유럽 팀들이랑 친선전을 하면서 우리가 장점을 살려갈 수 있는지 확인도 해보고, 어떻게 경기를 해야 하는지 알아가면서 자신 있게 싸워보자는 마음으로 떠났어요.

첫번째 상대는 영국이었는데 2022 여자 유럽축구선수권대회

지부상이라는 책임감

●　2023년 2월에 열린 아놀드 클라크컵에서 영국, 벨기에, 이탈리아를 상대로 대표팀은 3전 3패를 기록했다. 지소연은 추후 인터뷰에서 "우리가 유럽 팀과 언제 대등한 경기를 할 수 있을까 하는 생각을 했다. 이탈리아전에서 자신감을 얻어 월드컵에서 한 조에 묶인 독일을 상대하고 싶었다. 막판에 실점하긴 했지만 우리는 비시즌이었음에도 불구하고 최선을 다해 경기에 임했다"고 밝혔다.
「2019 프랑스 WC 떠올린 지소연 "그때 감정, 후배들이 느끼지 않았으면"」,
『스포츠서울』, 2023. 4. 2.

(이하 유로) 챔피언답게 경기하더라고요. '우리도 아시아 준우승 팀인데 한번 해보지 뭐' 하는 마음으로 덤볐는데, 확실히 실력 차가 있었어요. 저희가 네 골 먹고, 골대로 슈팅도 거의 못 때렸어요. 정말 골대 근처도 잘 못 갔어요. 시즌 중이라 몸이 한창 올라온 영국 선수들과 경기를 한 거라 요즘 세계 여자축구가 어떻게 흘러가고 있는지 우리 선수들도 실감했을 거예요.

우리 선수들은 비시즌이라서 체력적으로 지쳐 있었고, 뛰는 양도 굉장히 밀렸어요. 유럽 선수들이 힘이 좋고 빠르고 저희보다 체격 조건도 좋기 때문에 몸을 부딪히는 데서 버거웠을 거예요. 그래서 감독님이 화를 엄청 내셨어요. "왜 밀리냐. 몸으로 안 되면 태클이라도 해서 넘어뜨리는 그런 투지가 있어야 되지 않느냐"라고 호통을 치셨어요. 유럽 선수들은 상대를 잡아먹을 듯이 덤비거든요. 초반 한 15분 정도는 몸싸움에 있어서 좀더 거칠게 강하게 해요. 그거를 이겨내야 돼요. 그 시간에 실점을 하게 되면 주도권을 뺏기고 경기 운영이 어려울 수 있기 때문에 저희가 버텨내야 해요. 버티는 힘과 경기를 어떻게 운영할 것인지에 대해 우리 선수들이 조금 더 알게 됐어요.

고무적인 건 벨기에, 이탈리아와 경기하면서 골을 넣었어요. 그동안 저희는 강팀이랑 하면 골 넣을 생각도 못 했거든요. 그런데 이번에는 공격을 했고, 그 공격도 패스를 통해 전개하는, 저희 팀이 목표하는 스타일로, 유럽 팀을 상대로 잘 해냈어요. 체력이 좋은 상태였다면 벨기에, 이탈리아와 했던 경기는 충분히 비길 수도, 이길 수도 있었다고 봐요.

세 경기 모두 졌지만 많이 얻고 돌아온 대회였어요. 월드컵 전에 모의고사였어요. 그게 월드컵 조별 리그였으면 암울했을 거예요. 물론 결과는 달랐을 수도 있죠.

천가람 선수를 포함해서 U-20 월드컵 뛰고온 저희 대표팀 어린 선수들이 아마도 놀랐을 거예요. A대표팀(성인) 무대는 완전히 다르거든요. 내색은 안 했지만, 속으로 많이 놀랐을 거예요. 여러모로 좋은 경험을 하고 왔습니다.

저희를 보면서 저희만큼 경기를
많이 뛰고 싶다는 꿈을 꾸면 좋겠고,
그 꿈을 이루기 위해 부지런히
따라와줬으면 하는 바람도 있어요.

과정과 목표

높게 강하게

이지은 ▶ 2011년 인터뷰를 보니까 '2015년, 2019년, 2023년 세 번의 월드컵에 모두 출전하는 것이 꿈이다'라고 얘기를 했더라고요. "그러려면 서른두 살까지 관리를 잘해야겠죠?"라고 했는데 다 이루었군요. 올해 2023년 호주 뉴질랜드 여자 월드컵을 출전을 하니까요. 현재 월드컵을 앞둔 심정은 어떤가요?

지소연 ▶ 어렸을 때 한 인터뷰네요. 무척 기대가 돼요. 이번 월드컵 뭔가 느낌이 좋아요. 2015년 때 느낌이랑 좀 비슷해요. 베테랑들은 후배 선수들이 좋은 길로 갈 수 있게끔 도와주면서 빠질 준비를 조금씩 하고 후배들도 잘 따라오면서 신구가 아주 조화로워요. 무엇보다 선수단 분위기를 보면, 매번 지던 상대에게 이기고, 순간의 자만으로 우승을 눈앞에서 놓치고, 하프라인을 넘기도 힘들 것 같았던 상대와 비등한 경기를 하는 경험이 쌓이면서 실패를 두려워하기보다 '일단 부딪혀보자' 하는 자신감이나 투지가 생겼어요. 이제 과정을 쌓았으니 결과를 가져올 차례죠.

저는 4년 뒤 월드컵을 한 번 더 욕심내보려고 하고 있어요. 몸 관리만 잘되면 그러면 진짜 좋을 것 같아요.

콜린 벨 감독님과 함께한 지 벌써 4년 된 거잖아요. 선수로서 어떤 지도자라고 생각하는지도 궁금해요.

감독님은 운동장 밖에서는 무척 나이스해요. 젠틀하고 굉장히 멋있잖아요. 말씀도 아주 멋있게 하시거든요. 운동장에서는 저희의 장점을 끌어내려고 엄청 노력하세요. 대한민국 사람이 아닌데도 그토록 열심히 우리를 이끌어가려고 하는 모습을 보면 안 따라갈 수가 없더라고요. 엄청나게 열정적이고, 선수 파악도 아주 잘하고. 왜 명장인지 잘 알 수 있어요. 그동안 여자 명문 팀들을 많이 맡으셨고, UEFA 여자 챔피언스리그(유럽축구연맹이 주관하는 대회, 이하 챔스) 우승도 한 적이 있어서 그런지 저희 선수들 파악을 잘하시더라고요. 심리나 성향을 빨리빨리 파악해서 선수마다 어떻게 대해야 하는지도 잘 알고 계시고요. 생각보다 되게 치밀해요. 아주 치밀해.(웃음)

무엇보다 저희는 늘 스스로 언더독*이라고 생각하고 있었는데 "언제까지 그렇게 언더독만 할 거냐. 우리도 할 수 있다" 하면서 항상 자신감을 불어넣어주시고, "어느 팀과 붙어도 우리는 할 수 있다. 무조건 우리는 이긴다"는 위닝 멘털리티(winning mentality)를 자꾸 심어주세요.

대표팀 수장이 자신감 넘치게 나가면 선수들도 믿고 따라가게 되거든요. 감독님의 그런 모습 덕분에 선수들도 항상 굳건하게 경기에 나갈 수 있는 것 같아요. 어느 팀이라도 앞서서 그렇게 해주시니까.

● 우승하거나 이길 확률이 적은 팀이나 선수를 뜻한다.

44

국가대표 지소연

이번 대표팀 슬로건이 "고강도―높게 강하게 도전하라!"예요. 기사를 보면 고강도 훈련에 관한 얘기도 자주 언급되던데 콜린 벨 감독님 훈련 스타일은 어떤가요?

고강도를 정말 좋아하세요. 모든 선수가 에너지를 다 쏟아부어야 해요. 안 그러면 만족을 못 해요. 그래서 매일매일 고강도예요. 매일 문제가 없대요. 그렇게 해도. "문제없어요. 괜찮아요. 고강도, 고강도. 에브리데이, 에브리 싱글 데이 고강도, 문제없어요" 그러세요. 진짜 많이 하는 말이 '고강도' '스프린트' '문제없어요' 이 세 가지거든요. 진짜 고강도 훈련을 많이 해요.

짐작이 안 가서 그런데, 고강도 훈련이라고 하면 소속팀에서 하는 일상적인 훈련 강도보다 높은 건가요?

고강도 훈련이라고 하면 짧은 거리를 빠른 속도로 확 뛰는 스프린트 횟수가 굉장히 많아요. 팀에서 두 번을 하면, 대표팀은 대여섯 번을 하거나 아니면 열 번을 치는 거예요. 그리고 그 데이터의 목표 기준치가 있어요. 그래서 훈련을 마치고 저희가 착용한 GPS를 보고 목표치에 도달하지 못했다면, 더 뛰어야 해요.

또 뛰어요? 다 채울 때까지?

다 채울 때까지 뛰어요. 빠져나갈 수 있는 방법이 없어요. 그래서 운동하면서 자기가 스스로 목표치를 뽑아내야 되는 거예요. 빨리빨리 높은 강도로 많이 뛰어야 되는 거죠. 대표팀에 온 선수들인 만큼 목표의식도 분명하고 그걸 달성하는 방법도 아는 선수들이라 전반적으로 잘 달성해요.

지소연 선수는 고강도 훈련에 대해서 좀 익숙한 거 같은데요.
　　영국이나 유럽에서는 선수들이 고강도 훈련을 많이 해요. 저도 따라서 같이 하다보니까 자연스럽게 익숙해진 거죠. 우리나라에서는 운동 프로그램이 좀 다르거든요. 제 생각에 감독님은 한국 운동 프로그램은 성에 안 차는 거 같아요. 알아서 더 훈련하고 더 뛰어야 된다고 항상 강조하세요. 지금도 저희한테 프로그램 주셨고요. 소집 기간이 아닐 때도 수시로 하라고요. 으, 머리 아파요.(웃음)

감독님이 한국어 공부 엄청 한다는 기사가 많더라고요.
　　네. 한국어 많이 늘었어요. 한국어 실력을 떠나서 진정성이 느껴져요. '존중'이라는 단어가 떠올라요. 여태까지 외국인 감독님들이 한국말 하는 거 본 적 없거든요. 근데 저희 감독님은 인사도 한국어로 하고 또 "이제부터 영어로 말할게요" 같은 간단한 문장도 조금씩 만들고요. 그 나라의 언어를 배우려는 자세가 다른 거죠. 그게 정말 존중이라고 생각하는데, 멋져요. 그냥 멋진 분이에요.

2023년 호주 뉴질랜드 여자 월드컵을 앞두고 감독님이 월드컵에서 최대한 높이 올라가는 게 목표라고 했는데 동의하나요?

저는 우선 16강을 목표로 하고 있어요. 이 목표는 달성해야한다고 생각해요. 그 이후에는 어떤 결과가 올지 알 수 없어요. 토너먼트이기도 하고, 기세가 오를 대로 오른 상대 팀과 저희가 만날 테니까요. 감독님과 우리 선수들과 같이 하나씩 해보는 거죠.

2022년 리그 끝나고 발목 수술을 받았어요. 그동안 부상으로 인한 수술 경험이 거의 없어서 심리적으로 부담을 느끼지 않았을지 궁금했어요.

너무나도 감사하게 일본에서 3년, 영국에서 8년 반, 12년쯤 외국에 있었는데, 큰 부상 없이 정말 잘 뛰고 한국에 왔어요. 제가 뛰는 모습을 우리나라 축구팬들께 보여드리고 싶었는데, 시련이 찾아온 거예요. 그래도 시즌 끝내고 빨리 수술을 해서 월드컵 전에 차차 준비하려고 계획했는데, 생각보다 복귀가 빨라졌어요.

아놀드 클라크컵 기간에 다리를 조금 저는 상황이었는데, 통증이 있는 상태에서 경기를 뛴 거예요. 그게 제 욕심이었어요. 아무래도 빨리 복귀하고 싶은 마음이 있었고, 잘하고 싶다는 생각에, 또 한국에 12년 만에 와서 좋은 모습을 보이고 싶다는 그런 지나친 의욕 때문이었어요.

그래도 그 뒤에 대표팀에서 최대한 배려해주어서 재활도 했고, 치료도 잘 받았어요. 저희 구단에서도 굉장히 배려해주고 신경 써주어서 치료하고 경기하고, 치료하고 경기하고, 이렇게 병행하고 있어요. 많이 좋아졌어요. 월드컵 전에 다 나아서 최고의 상태로 갈 수 있지 않을까 기대하고 있습니다.

우리 대표팀의 강점과 약점이 무엇일까요? 그리고 그 약점은 어떻게 대비하고 있나요?

강점은 황금세대인 저와 친구들이 발을 맞춰온 기간이 길다는 거예요. 거의 10년 정도 되니까요. 이게 최고의 강점인데, 약점도 같아요. 같은 선수들을 주축으로 10년 동안 계속해왔다는 거. 상대 팀이 저희를 분석할 때 똑같은 선수들이 있기 때문에 예측 가능하죠.

특별한 변수나 이변이 없는 게 장단점이군요.

그렇죠. 저희는 스쿼드가 거의 비슷하니까. 그래서 월드컵 전에 각자 몸 관리를 잘해서 개개인이 기량을 높여오는 걸 목표로 해야 해요. 개인 기량이 좋아야 팀으로 뭉쳤을 때 더 큰 힘을 발휘하게 될 거예요.

2023년 호주 뉴질랜드 여자 월드컵을 마지막으로 멤버들이 바뀔 것 같아요. 황금세대라고 불렸던 저희가 같이 뛰는 건 이번 월드컵이 마지막이지 않을까.

선수마다 최고로 기량을 끌어올렸을 때 팀으로서 더 잘 해낼 수 있는 부분이 있겠네요. 우리 선수들 활약을 기대하고 있을게요.

각자 몸 관리를 잘해서
개개인이 기량을 높여오는 걸 목표로 해야 해요.
개인 기량이 좋아야 팀으로 뭉쳤을 때
더 큰 힘을 발휘하게 될 거예요.

지소연이 있기까지

음악이든 미술이든 운동이든 그것을 훌륭하게 해내는 건 재능일까 노력일까. 기술과 성실함으로 어느 정도 수준에 이른다 하더라도 타고난 재능은 일찌감치 알아차릴 수밖에 없는 건 아닐까. 그리고 그 재능을 오래도록 유지하는 건, 노력하지 않고는 지킬 수 없는 것이자, 누구나 인정할 수밖에 없는 실력일 테다.

한국 여자축구의 일인자로, 최연소 국가대표 발탁부터 지금껏 최고의 선수로 인정받는 지소연은 어떻게 축구를 만나게 된 것일지, 처음부터 타고난 천재였을지, 다른 진로는 생각해본 적 없을지 궁금했다.

또 프로로 진입하며 일본, 그리고 영국으로, 더 넓은 세상으로 자신의 한계를 실험하고 단련해온 그 단단한 도전 정신에 대해 자세히 듣고 싶었다. 더 나아갈 길을 스스로 찾고 목표를 설정하고 실행하고 성과를 거두는 일은, 어렵다. 특히나 프로축구와 같이 승부가 명확한 세계, 성적이 뚜렷하게 측정되는 세계에서는 실패했을 때 잃을 것이 많다. 그러한 두려움보다 얻고자 하는 욕망이 더 클 때라야 도전이 가능할 것이다.

언어를 몰라도, 문화를 몰라도, 일단 가서 부딪혀보고 어디까지 도달할수 있을지 자신의 한계를 시험해본 지소연. 그래서 지금도 그는 현재진행형 세계적인 선수다.

어린 시절

제일 재미있는 것

이지은 ▶ 초등학교 2학년 때 축구부 회원 모집 광고지를 받고 축구부에 들어갔다고요. 축구의 어떤 점이 그토록 흥미롭고 재미있었을까요?

지소연 ▶ 친구들이랑 놀이터에서 축구하는 게 정말 재미있었어요. 누구 공인지도 모르고 공 하나를 차고 노는 게 제일이었어요. 김광열 감독님이 우리 노는 걸 보고 축구부를 모집한다고 했어요. '나도 한번 해봐야겠다' 하고 갔더니 축구를 전문적으로 배우는 곳이더라고요. 매일 수업 끝나고 운동하고 집에 가는 루틴으로 축구를 했어요.

감독님이 처음에는 제가 머리도 짧고, 까맣고, 공을 차면서 노니까 남자아이인 줄 아셨다고 해요. 당시에 여자축구팀을 결성하기 위해 열한 명을 모으는 것조차 쉽지 않아서 초등학교 다닐 때까지는 남자애들이랑 같이 뛰었어요. 선수 등록을 할 때 주민등록번호 뒷자리가 '2'로 시작한다고 하니 접수하는 곳에서 놀라기도 했어요. 그때 포기하지 않고 어울려서 같이 뛰었던 경험 덕분에 지금 더 빛을 발하지 않나 싶어요. 그러다 제가 6학년이던 2002년 월드컵 때 대표팀 경기를 본 거예요. 그때 나도 국가대표가 돼서 우리나라에 도움이 되어야겠다, 세계 무대를 뛰고 싶다고 생각했던 것 같아요.

그럼 그 뒤로 진로를 어떻게 발전시키게 된 걸까요?

　　5~6학년 즈음 최인철 감독님을 처음 만났어요. 원래는 현대
청운중학교(이하 청운중)로 진학할 예정이었는데, 청운중 감
독님이 제가 키가 너무 작아서 미래가 좀 불투명하다, 아무리
잘해도 작으면 힘들다고 하셨더라고요. 다행히 최인철 감독
님이 "내가 무조건 데려가겠다" 하셔서 오주중학교로 진학했
어요. 그곳에서 성장하고, 그다음에 고등학교도 동산정보산
업고등학교로 갔고요.

어렸을 때는 어른이 "너 이거 잘하는구나" 하고 알아봐주고 칭찬 한
마디 해주면 크게 다가오잖아요. 그러면 또다시 칭찬을 받으려고
열심히 하다가 더 잘하게 되는 경우도 있는데 어린 시절 지소연도
이런 기억이 있나요?

　　저는 칭찬을 많이 받지 않았어요. 오히려 많이 혼났어요. 감
독님께서 열 번을 꾸짖고 한 번 칭찬해주고. 다른 선수들보다
는 좀더 혼났어요.

그때 당시에도 그걸 알았어요? 내가 특별히 많이 혼나는 걸요.

　　예쁨을 받는 것도 알고 있었어요. 저를 굉장히 아끼는 것을
느꼈어요. 커가면서 더 느꼈고요. 그렇게 들었던 꾸중이 저한
테 큰 도움이 되기도 했어요. 중학교 1학년 때부터 고등학교
3학년 때까지 정말 많이 혼났어요. 이 세상에서 먹을 수 있는
욕은 그때 다 먹은 거 같아요.(웃음)

의욕이 꺾이거나 주눅 들거나 하는 건 전혀 없었나봐요.

네. 없었어요. 요즘이랑 다르게 당시에는 운동하면서 혼나는 게 너무 흔하니까. 열 받으면 "아 씨" 그러면서 그냥 눈물 닦고 또다시 하고. 그러다보면 하루가 지나가고. 식사하고 다시 운동하고. 혼나는 게 일상이었어요.

반항은 한 번도 안 해봤어요?

했어요. 반감이라는 게 고등학교 때 서서히 오더라고요. 감독님이 "너 나가" 이러면 처음에는 "아닙니다" 하고 안 나갔거든요. 그러다가 시간이 흘러서 "너 나가" 이러면 "네" 이러고 나가버렸죠. 그때 생각으로도 집중이 안 될 때는 쉬는 게 차라리 낫겠다 싶었어요. 억지로 하다가는 다치기만 하고요. 그래서 쉬고 있다가 "들어가" 이러면 "네" 하고 들어가고. 그러면 들어갔다고 또 혼나고. 칭찬을 듣기보다는 많이 혼났던 것 같아요.

제가 어릴 때부터 계속 주목을 받았고, 저도 제가 잘한다는 걸 알고 있어서 괜히 어깨 올라가는 걸 좀 낮춰주시려고 엄하게 대하신 거라 생각해요.

오랫동안 함께한 첼시 FC 위민(이하 첼시) 엠마 헤이스 감독님 지도 스타일은 반대이지 않나요?

엠마 감독님은 칭찬을 많이 하는 쪽이어서 저는 오히려 걸러 들었어요. 칭찬하시면 흘리고 흘려서 듣고. 그중에 저에게 필요한 조언만 골라서 받았어요.

보통 꾸중을 흘려듣지 않나요? 그런데 칭찬을 걸러 들었다. 큰사람
은 다르네요.(웃음) 축구를 시작했을 때 축구공을 곁에 늘 두고 생
활했다는 얘기도 본 적이 있어요.

  잘 때도 안고 잤어요. 축구가 너무 좋아서 공을 껴안고 자는
  거죠. 집 밖으로 나가도 축구할 데가 딱히 없으니까 주차장
  같은 곳에서 매일 드리블을 하고요. 드리블하다가 차 밑으로
  공이 굴러 들어가면 그거 꺼내느라 바지가 다 닳았어요.

그 정도로 해야 하는구나. (웃음) 취미 삼아 시작했다가 진로를 선
수로 결정하게 되면 이전에 하던 것과 다르게 훈련 강도가 높아지
잖아요. 초반에는 기술 하나하나 배우는 재미가 있으니까 잘 배우
다가 훈련 강도나 수준이 높아지면 계속 해야 할지 갈등을 겪는 경
우가 많은데, 그 과정은 어땠을까요? 축구에 대한 흥미를 잃지 않
고 쭉 올 수 있었던 포인트는 뭘까요?

  당연히 해야 하는 줄 알았어요. 물론 힘들기도 했지만 축구를
  하면서 느끼는 행복이 커서 포기한다는 생각은 전혀 못 했어요.
  제가 찬 볼이 골망을 흔들 때 되게 짜릿했고, 훈련이나 경기
  를 하면서 작은 것부터 조금 큰 것까지 성취하는 데 기쁨을
  느꼈어요. 그게 계속할 수 있었던 이유였을 거예요.
  한편으로는 어렸을 때부터 '선수로 빨리 성공해야 되겠다'라
  는 집념이 있던 게 조금 다를지도 모르겠어요. 엄마가 고생하

는 걸 보면서 빨리 커서 성공하고 싶었거든요.

재밌어서 푹 빠지는 게 중요한 동력이 되기도 하지만 잘하기 위해서는 시간이 쌓여야 하잖아요. 특히 몸으로 익히는 운동은 실력이 상승할 때도 정체기가 있다가 한 단계씩 성장하는 계단형이라고 하던데, 한창 배울 때 자신이 어느 정도 단계에 들어섰구나 하는 것을 몸소 느끼기도 했을까요?

중학생 때는 한 학년씩 올라갈 때마다 성장하는 걸 느꼈던 것 같아요. 보통 3학년이 경기를 뛰는데, 저는 1학년 때부터 언니들이랑 경기를 하다보니까 어려움도 있었어요. 하지만 제가 빨리 습득하고 적응하는 모습을 보고 잘하고 있다고 여겼어요. 그저 더 빨리, 더 높은 무대에 가고 싶다는 생각뿐이었고요. 더 높은 레벨의 선수들은 어떻게 볼을 찰까, 과연 내가 어느 정도일까, 어디까지 올라갈 수 있을까 궁금했어요.

그러려면 기본기가 좋아야 한다는 생각이 들었어요. 그래서 고등학교 때는 매일 저녁에 리프팅*을 1만~1만 5천 개씩 하는 연습을 했거든요. 1만 5천 개씩 차면 진짜 땀이 엄청 나요. 거의 눈물 흐르듯이.

1만 5천 개 차는 데 시간이 얼마나 걸리는지 아세요? 한 시간 반 정도 걸려요. 처음에는 많이 떨어뜨렸죠. 누가 그만큼 하라고 시킨 것도 아닌데, 저는 이 훈련을 정말 중요하게 여겼

● 공이 땅에 떨어지지 않도록 양발 또는 손을 제외한 머리, 무릎 등으로
　터치하며 공중에 띄우는 것을 말한다.

어요. 그렇게 꾸준히 했기 때문에 지금의 제가 있다고 생각해요. 그래서 어떻게 해야 기술이 좋아질 수 있는지 누군가 물어오면 제일 먼저 강조하는 훈련이에요.

훈련할 때 리프팅을 1만 개 한다는 것도 그렇고, 단순하게, 아무 생각 없이 몰두해서 집중하는 훈련이 많잖아요. 그런 거 할 때 진짜 아무 생각 없이 하나요?(웃음)
운동과 거리가 먼 사람들이 가장 이해하지 못하는 부분이 김연아 선수의 유명한 말처럼 "무슨 생각을 해. 그냥 하는 거지"라서.

마음에 있는 것들을 최대한 비워내려고 노력해요. 다른 걸 생각하는 순간 볼을 떨어뜨리기 때문에 집중할 수밖에 없어요. 이런 훈련이 기본기를 기르는 걸 목표로 하기도 하지만, 정말 공을 차는 순간에만 집중하기 위해서 하는 거예요. 그 외에도 뛰면서 진짜 심장이 터질 것 같은 경우도 엄청 많았는데 그렇게 힘들어도 포기하거나 그만두고 싶거나 하는 생각은 제가 다시 생각해봐도 신기하게 전혀 없었어요. 그냥 하는 거죠.

앞만 보고 전력을 다했군요. 학창 시절에 진로가 빠르게 정해진 거잖아요. 다른 친구들은 미래에 대해 별다른 생각이 없을 때부터 '축구 선수'로 진로를 결정했는데 이 길이 아니면 어쩌지 하는 불안은 없었나요?

그런 건 전혀 없었어요. 어렸을 때부터 자신이 있었어요. 다른 거 생각할 틈도 없었고, '이 길이 내 길이다'라고 믿었어요.

중학교 선수 시절부터 숙소 생활을 하고 하루 절반을 축구를 했어요. 일어나자마자 새벽에 운동 나가고, 오전에 학교 가고, 오후에 운동하고, 저녁 운동 나가고. 숙소 생활도 적응을 잘했어요. 친구들과 언니들 하고 잘 어울리고. 불안하다고 느낄 틈이 없었네요.

국가대표가 되어 세계 무대에서 뛰는 선수가 되는 게 꿈이었다고 했는데, '내가 축구로 이걸 이루겠다'라고 하는 또 다른 목표는 없었나요?

국가대표 선수가 되는 것, 또 빅클럽에서 뛰는 것. 그게 다였어요.

목표는 단순하게! 그게 비결이군요. 목표 중 하나였던 빅클럽인 첼시 셔츠를 입던 날, 어떤 기분이었어요?

제 이름이 새겨진 첼시 셔츠를 처음 입었을 때 기분이 아직도 생생해요. 영국 리그에서 뛰는 박지성, 설기현, 이영표 선수를 TV로만 봤는데 제가 첼시 유니폼을 입고 영국 그라운드를 누빈다는 게 믿기지 않았어요. 첼시 유니폼 자체가 멋있잖아요. 선수로서 첼시 일원이 된 것이 정말 자랑스럽고 뿌듯했죠. '빅클럽에서 뛰고 싶다'고 막연히 꿈을 꿨는데 실제로 이뤄지니 현실이 아닌 것만 같고 흥분됐어요. U-20 때 느꼈던 벅찬 감정을 한 번 더 느꼈어요. 그만큼 기뻤어요. 확실히 꿈은 스스로 이루는 거예요.

멘토

어렸을 때 넉넉한 형편이 아니었다는 얘기도 다른 인터뷰를 통해서 자주 언급되었어요. 경제적 상황이 어려운 경우 꿈을 이뤄야겠다 생각하거나 지소연 선수처럼 세계적인 위치로 올라서겠다는 목표 자체를 세우지 못하는 경우가 많아요.

　　사신이 처한 상황을 탓하기 전에 할 일을 나 마쳤나, 정말 하루하루 최선을 다했나 돌아보는 게 중요하다고 생각해요. 물론 저도 엄마의 헌신이 없었다면 어려웠을 거예요.

　　더불어 다른 분야는 제가 뭐라고 말씀드려야 할지 모르겠지만, 축구에 있어서는 유소년 지원 시스템이나 사회적인 지원도 생각하게 돼요. 제가 홍명보 장학재단의 최초 여자 장학생이기도 해서. 저도 주변의 도움을 받고 자랐기 때문에 개인의 노력만으로 꿈을 꾸고 목표를 향해 달릴 수 없다는 건 알거든요. 지금도 분명 재능이 있지만 처한 상황으로 인해 포기하는 친구들이 많다고 들었어요.

말씀하신 것처럼 어머니가 선수 생활을 지원해주었다는 인터뷰를 봤는데, 축구화 같은 것도 자주 바꿔야 해서 비용이 만만치 않았을 텐데요.

　　다행히 제가 키에 비해 발이 작지 않아서 기성 축구화를 신을 수 있었어요. 발이 더 작았다면 축구화를 구하기가 힘들어서 축구를 계속하기 어려웠을 거예요. 기성 축구화를 신는다고 해도 엄청 부담스럽죠. 지금까지 신었던 축구화를 세어보지는 않았지만, 시즌 중에 보통 12~15켤레를 신거든요. 당시에 지원받는 부분도 있었지만, 정말 엄마가 고생을 많이 했을 거예요. 축구화만 필요한 게 아니니까요. 그래서 빨리 커서 엄마한테 보답해주고 싶었고 좀더 편하게 살게 해주고 싶은 마음이 컸어요. 제가 영국에 있을 때는 엄마를 초대해서 1년에 한 번은 꼭 만났어요. 같이 프랑스도 가고 프라하도 가고 즐거운 시간을 보냈죠.

개인사와 달리 축구 인생 곡선을 그려보면 쭉 일인자의 삶을 살았고, 신기하게도 위기가 없었다는 느낌인데요.

축구 인생 곡선으로 보면 그럴 수 있을 것 같아요. 말씀하신 것처럼 개인적으로는 좋지 않은 경제적 형편과 부모님 이혼으로 힘든 시간도 있었고 그로 인해 방황도 했어요.

어릴 때 제가 엄마를 많이 힘들게 했는데, 그래도 엄마는 아무 말도 없었어요. 그런 엄마를 보면서 이렇게 살면 안 되겠다는 생각이 들어서 정신 똑바로 차리고 축구에 집중했어요. 당시 감독님도 많이 도와주셨지만, 그때 엄마가 보여준 묵묵한 기다림이 제가 사는 데 있어서 큰 지표가 되는 거 같아요. 참 존경스러워요.

그러면 어머니께 가장 크게 물려받은 건 뭐가 있을까요?

엄마 혼자서 저랑 남동생을 키웠거든요. 엄마의 몸에 밴 강한 생활력이 저도 몸에 배어 있어요. 쉽게 포기하지 않는 성향이나 강인함도 엄마를 닮은 거 같아요. 그런 성격이라 외국에서 10년 넘게 지내면서도 살아남을 수 있었던 것 같고요.

어머니 삶이 그 자체로 큰 유산이군요. 그럼 어머니도 지소연 선수처럼 사람들에게 잘 다가가는 성격인가요?

아니요. 그렇지 않아요. 그러고 보니 저도 원래 엄마처럼 낯가림이 있었는데, 크면서 바뀐 거네요.

아, 제가 엄마를 닮아서 상체가 좀 두꺼워요. 덕분에 덩치가 큰 선수들이랑 부딪혀도 잘 밀리지 않는 좋은 밸런스를 가지고 있어요. 최근에 엄마가 풋살하는 걸 본 적이 있는데, 저랑 스타일이 완전히 달라요. 피지컬로 밀고 들어가더라고요. 다들 피하세요.(웃음) 올해를 시작으로 꾸준히 풋살을 하면서, 저랑 같이 풋살장을 차렸으면 좋겠다고 해요. 관리하면서 주말마다 풋살도 같이 하고 싶다고.

딸과 함께 사업하기를 꿈꾸시는군요. 어머니에게도 새로운 꿈이 생겼네요.

스스로 돈을 벌고 저를 책임일 수 있게 되었을 때 말로 표현할 수 없을 만큼 벅차고 좋았어요. 문제를 하나하나 해결해나갈 때 기쁨도 컸고요. 그런 순간들이 제가 앞으로 나아갈 수 있는 힘, 원동력이 되었는데, 엄마한테 보답할 수 있는 기회가 생긴 건가 싶네요. 어렸을 때 엄마가 제 꿈을 응원했던 것처럼 저도 엄마를 응원할 수 있는 상황이 된 거니까요.

하고 싶은 걸 하는 의지

축구 선수가 되겠다고 진로를 정했을 때 아버지 반대가 있었다고 들었어요. 이해하지 못하는 주변 시선도 있었고요. 그런 상황 속에서도 하고 싶은 축구를 하기 위해서 노력한 부분도 듣고 싶어요.

제가 어릴 때만 해도 여자아이가 축구를 한다는 건 있을 수 없는 일이라고 생각하는 분이 적지 않았어요. 여자인데 왜 축구를 하는지 묻는 어른이 수시로 있을 만큼. 하지만 당시에 저의 축구 사랑은 그 누구도 막을 수 없었어요. 축구를 하루라도 하지 않으면 불안했어요. 유년 시절을 내내 축구공과 보냈고요. 축구 외에 또래 친구들이 하는 다른 놀이를 한 적이 없어요. 오로지 축구공만 가지고 놀고 어딜 가든 축구공이 함께했죠. 그래서 제 축구공 그물망을 엄마가 자주 사줬어요. 원래 그물망이 공을 넣어서 편하게 들고 다니라고 있는 거예요. 그런데 저는 그물망에 공을 넣고 손에 들고 걸어가면서 계속 발로 뻥뻥 차니까 자주 찢어지더라고요. 길에서 공을 차다가 차도로 공이 튀면 지나가던 차에 밟혀서 공도 자주 터뜨렸어요.

엄마는 정말 묵묵히 밀어줬어요. 그저 제 선택을 다 존중해줬어요. 저는 그런 엄마가 되게 든든했어요. 그만큼 저도 축구 선수로서 미래에 대해 자신이 있었고요.

"내가 축구보다 더 좋아하는 건 없으니까, 좋아하는 거 마음껏 할 수 있게 그냥 믿어달라"라고 했고, 엄마는 "네가 하고 싶은 거 마음껏 해보라"고 했어요. 그런 엄마한테 "기다려봐. 몇 년 뒤에 우리는 달라져 있을 거야. 나는 그만큼 자신이 있어"라고 얘기했고요. 그 말을 지킬 수 있어서 참 다행이었죠. 국가대표가 되었을 때 아버지도 인정하고 응원해주셨어요. 쉽지 않았을 텐데 저에게 미안하다고 말씀하기도 했고요. 지금은 아버지도 무척 지지해주고 자랑스러워하세요.

그런 다짐 같은 말을 했으니까 그걸 지키기 위해서 더욱 노력한 것도 있겠네요. 어머니가 첫 경기를 보러 온 게 언제인지 기억하세요?

와, 기억이 안 나네요. 초등학교 때는 경기에 자주 왔는데 중학교 때는 거의 못 왔어. 초등학교 저학년 때는 경기를 많이 못 뛰었고 5~6학년 때 경기를 많이 뛰었는데, 그때 춘계대회라든지 리그 경기를 할 때마다 엄마가 잘 와줬어요. 경제적으로 어려웠던 어린 시절이 부각되다보니까 엄마의 지원이 희미하게 조명되는데, 엄마 없이는 지금의 저는 상상도 할 수 없어요. 항상 고마운 마음이 커요.

화제를 바꿔볼게요. 학창시절에 축구에 전념하느라 못 해봐서 아쉬운 것들이 있나요?

수학여행을 아예 못 가봤어요.

수학여행의 추억 대신에 전지훈련은 많이 했죠?

네. 제주도 같은 따뜻한 지방으로 많이 가서 일주일 정도 연수원 같은 곳에서 지내고 왔어요.

애니메이션이나 청춘 드라마 장면처럼 바닷가에서 뛰고 훈련하는 건가요?

네, 모래사장도 뛰고. 같이 훈련하다가 놀기도 했죠. 아무래도 운동만 하다보니 다른 일을 하는 친구를 사귈 기회가 적었어요. 그래서 다른 분야 사람들을 만나면 새롭고, 저마다 일하는 얘기를 들으면 공부도 되고요. 굉장히 좋아요. 요즘은 조금씩 달라지고 있지만, 얼마 전까지만 해도 제 주위에 축구하는 친구들밖에 없었어요.

그렇죠. 내가 늘 속해 있는 세계에서는 하던 얘기만 하는 느낌이 드는데, 분야가 다른 사람을 만나서 대화를 하면 내 일도, 내 일상도 달리 생각하게 되기도 하고 환기가 돼요.

그래서 그런지 저와 다른 분야에 있는 분들이 정말 멋있어 보여요.

훈련이나 경기를 하면서
작은 것부터 조금 큰 것까지
성취하는 데 기쁨을 느꼈어요.
그게 계속할 수 있었던 이유였을 거예요.

정말 하루하루 최선을 다했나
돌아보는 게 중요하다고 생각해요.

프로축구 선수로 시작, 일본

사회초년생

이지은 ▶ 프로 생활을 일본에서 시작했는데 그때 이야기를 해보죠. 2010년 U-20 여자 월드컵에서 좋은 성적을 거두고 주목받던 시기에 외국으로 가야겠다고 결심했던 계기가 있을까요?

지소연 ▶ 2010년 U-20 월드컵에서 다른 나라 선수들과 경기하면서 정말 잘하는 선수들이 많다는 걸 크게 실감했어요. 그런 좋은 선수들, 강한 나라들과 저희가 대등하게 경기하면서 좋은 성적을 내기도 했고요.

하지만 그때는 더 큰 성인 무대, 월드컵을 뛰기도 전이었어요. 연령 제한이 있는데도 이렇게 잘하는 선수들이 많은데, 연령 제한 없이 성인 무대로 가면 더 뛰어난 선수들이 많겠다 싶었고요. 그 대회에서 3위를 하면서, 우리나라가 아니라 유럽이나 미국 무대에서 한번 뛰어보고 싶다는 생각을 그때 처음 했던 것 같아요.

해외 리그를 목표로 하고 일단은 가능한 범위 안에서 일본 팀을 선택한 거네요.

당시 여자축구는 미국 리그가 가장 주목받던 때라 원래 미국으로 갈 계획이었는데, 재정 이슈로 팀들이 해체되는 걸 보면서 계획을 변경했어요. 다른 팀 오퍼도 많았지만 일본 INAC 고베 레오네사(이하 고베)에 일본의 전설적인 선수이자 제가 존경하는 사와 호마레 선수가 온다고 해서 마음을 돌렸어요. 유럽으로 바로 가지 않고 일본에서 사와 호마레 선수와 보낸 3년은 저에게 너무나도 소중한 시간이었어요. 정말 많은 걸 배우고 느끼면서 부족한 점을 채우는, 선수로서 성장했던 시간이었어요. 그때 저의 전성기가 한 번 왔다고 생각하고요.

사와 호마레 선수는 어떤 선수인지 궁금해요.

모든 면에서 존경하는 선수예요. 실력은 말할 것도 없고 운동할 때는 무조건 100퍼센트, 아니 그 이상을 해내요. 팀에서 제일 뛰어난 선수인데도 경기뿐 아니라 훈련 때에도 한결같은 자세나 마음가짐을 유지하는 데 무척 놀랐어요. 그 존재만으로도 팀에 큰 힘이 됐고요.

제가 15세에 A대표팀에 차출되었을 때 저보다 열세 살 위였던 사와 호마레 선수를 상대로 만났는데 엄청 잘하는 거예요. 한 대표팀을 이끌어가는 리더십, 그런 존재를 목격한 거죠. 나도 저런 선수가 되어야겠다고 생각했어요.

첫 사회생활에서 닮고 싶고 존경할 만한 존재를 만난다는 것, 참 운이 좋았네요. 일본 여자축구 환경이 우리나라와 다른가요? 일본이 상대적으로 우리보다 여자축구에서 성적이 좋은 이유가 있다면 그 이유는 뭘까요?

아무래도 여자축구는 저희보다 일본이 빨리 시작했다는 걸 무시할 수 없을 것 같아요. 어렸을 때부터 꾸준히 해온 선수들의 저변이 굉장히 넓어요. 사와 호마레 선수 같은 선수를 보고 어린 친구들이 자라기도 하고요.

또 일본만의 체계적인 시스템으로 남자축구와 여자축구를 같이 운영하는 것도 있죠. 어렸을 때부터 성인팀까지, 그러니까 U-12, U-14, U-16, U-18, U-20, 성인팀까지 전술도 비슷해서 거의 같은 축구를 구사하더라고요. 모든 팀들이 대표팀 전술을 따라가는 게 좀 신기했어요.

저희는 3-5-2를 쓴다든가 4-3-3을 쓴다든가 팀마다 다 다른 전술로 가잖아요. 근데 일본 대표팀 같은 경우 한때 4-4-2를 굉장히 잘 썼는데, 그러면 어린 선수들도 4-4-2를 똑같이 구사하는 방식인 거죠.● 전술에 일관성이 있는 경우 선수들이 역할에 대한 이해도가 좀더 높아져서 효율적일 수 있어요.

20대 초반에 일본이라는 타지에서 외국인으로 적응하는 게 쉽지 않았을 것 같아요. 향수병이나 생활하는 데 어려움은 없었을까요?

일본에서는 향수병이 없었어요. 영국보다는 아무래도 문화적 차이가 크지 않았고, 가까워서 언제든지 시간 나면 오갈 수 있는 거리이기도 했고요. 시차도 없어서 가족들과 하루에 한 번 이상은 꼭 통화를 했던 거 같아요.

● 축구 전술은 포지션 별로 몇 명을 두느냐로 설명하기도 한다. 3-5-2의 경우 골키퍼를 제외하고, 수비수 3명, 미드필더 5명, 공격수 2명을 두는 것을 의미하며, 4-3-3은 수비수 4명, 미드필더 3명, 공격수 3명을 두는 것을 뜻한다. 4-4-2는 수비수 4명, 미드필더 4명, 공격수 2명이다.

순조로운 적응이었다니 다행이네요. 향수병과 별개로 처음 프로 생활을 시작한 거라 어려움을 겪을 것 같기도 해요. 학교에서는 정해진 대로 움직였을 텐데, 프로에서는 정해진 시간 외에 스스로 해야 하잖아요.

아무래도 그렇죠. 일단 식사를 스스로 해결하는 것부터 큰 난관이었어요. 삼시 세끼 밥을 다 챙겨주던 한국을 떠나고 나니, 처음에는 살이 꽤 쪘어요. 요리를 못하니까 과자나 빵을 주로 먹었거든요. 단백질을 채울 때는 할 줄 아는 게 없으니 제일 쉽게 고기를 구워 먹었고요.

그러다가 '요리 잘하는 친구랑 같이 살자'고 머리를 썼어요. 그때 아스나(다나카 아스나) 선수와 나오(가와스미 나오미) 선수하고 친해서 셋이 살자고 했어요. 그 친구들이 요리를 해주고 저는 설거지를 했죠. 어깨너머로 요리도 조금씩 배우고.

3년 동안 같이 살아서 일본에서 제일 친한 친구인 아스나는 경주 한국수력원자력 여자축구단(이하 경주 한수원)에서 뛰고 있어요. 나오는 미국에서 뛰는데, 경주 한수원과 저희 팀이 플레이오프 할 때 저희를 만나러 오기도 했어요. 그 친구가 요리를 잘해요. 그래서 꽉 잡았죠. 어떻게 해서든 먹고살겠다고.(웃음)

일본에서 프로 선수로 데뷔한 그 순간을 기억하고 있나요?

제가 스무 살 때, 2011년에는 일본이 굉장히 잘했어요. 월드컵 우승하고, 올림픽도 준우승하고. 멤버가 대단히 좋아서 리그도 훌륭했어요. 그런 리그에서 데뷔를 하니까 긴장도 많이 했는데 아무래도 좋은 동료들이 있으니까 편하고 재미있게 했어요. 강한 팀이랑 붙는 경기가 데뷔전인 데다 제가 제일 어린 막내였지만 플레이는 당돌하게 했던 것 같아요.

처음에 일본에 가서 2개월 동안은 부진했거든요. "쟤가 진짜 한국에서 제일 잘하는 애 맞아?" 하는 얘기를 듣기도 했어요. 언니들의 기에 좀 눌렸던 건가.(웃음) 하지만 얼마 뒤부터는 저에게 귀화할 생각 없냐고 묻더라고요. 두 달 동안 음식이랑 혼자 해야 할 여러 가지 일에 적응하고 나니까요.

데뷔 1년 차 선수들의 인터뷰를 찾아보면 경기 속도 면에서 차이가 난다는 이야기를 하기도 하는데, 경기하면서 느낀 아마추어 때와의 차이는 없었을까요?

제가 대표팀에 일찍 들어가서 그런지 경기 속도 차이는 별로 못 느낀 것 같아요. 대표팀에 처음 들어갔을 때는 빠르다고 느꼈던 것 같은데, 그래도 충분히 가능하겠다는 판단이었어요. 제가 다른 선수들보다 좀더 빠르게 판단하고 볼을 뿌리는 장점이 있어서 경기적인 측면에서는 어려움이 크게 없었어요. 또 제가 늘 두세 살 많은 선수들과 뛰었어서 선배들과 소통하는 부분도 연습이 되어 있었고요.

프로축구 선수 생활을 시작할 때의 마음가짐은 어땠을까요. 이제는 프로 선수이고 오롯이 사회인으로서 몫을 하는 거잖아요. 남다른 각오나 다짐이 있었을까요?

어렸을 때부터 빨리 프로 선수가 되고 싶었어요. 경제적으로 어려운 시절이 있었기 때문에 얼른 프로 선수가 돼서 나도 나라를 대표하는 선수가 되고 부와 명예도 얻고 싶다는 생각이 컸어요. 하지만 프로로 딱 데뷔하게 되니 경제적인 부분은 목표가 아니게 되더라고요. 축구로 돈을 버는 건 맞지만, 저에게 축구는 단순히 돈을 벌기 위한 수단이 아니었으니까요. 학생 때와 다른 열정과 자세로 축구를 대해야겠다고 결심했어요. '직업으로 하는 이상 축구를 1순위로 두고 하자' '내가 축구 하나만 보고 달려왔는데 여기서 한번 최고가 돼보자' 했죠. 이왕 하는 거 끝까지 가보자.

패기가 멋지네요. 직업이 돈벌이인 것은 맞지만, 돈을 벌기 위해서 이 일을 하는 거고, 일이 끝났으면 끝이다 하는 태도에는 아쉬움이 있죠. 스스로를 위한 발전적 측면에서도요.
축구를 하고 돈을 버는 프로가 되었다는 체감을 언제 했을까요? 일본에서 프로축구 선수로 어떤 대우를 받았을지도 궁금했어요.

일본에 처음 갔을 때는 프로 선수가 저밖에 없었던 것 같아요. 저를 포함해서 두세 명 정도. 나머지 선수들은 오전에 일하고, 오후에 훈련과 경기를 하는 '투잡'이었어요. 프로와 아마추어의 차이를 거기에서 느꼈어요. 프로는 제 본업에 충실할 수 있고, 아마추어는 다른 일을 함께 해야 한다.

일본에서 선수들이 다른 직업을 병행하는 이유가 생계인 건가요?

네. 당시에는 월급이 적었기 때문에 생활을 하기 위해서 어쩔수 없었어요. 그래도 제가 떠나고 나서 얼마 지나지 않아 모든 선수가 프로로 바뀌었거든요. 월급이 많이 올라서 투잡이 사라졌던 것 같아요.

근데 제가 충격을 받은 게, 영국에 가니까 거기서도 투잡을 하는 거예요. 다른 직업이 있는 친구들이 있었어요. 회계사인데 선수예요. 그때 첼시도 세미 프로였던 거죠. 아마도 선수 연봉 예산이 적었던 것 같아요. 2년 뒤부터는 투잡 하는 선수가 없어졌어요. 프로화가 되고 축구만 할 수 있게끔 월급이 많이 올라서요.

WK리그 선수들은 연봉은 어떤가요?

WK리그 선수들은 10년 동안 같은 연봉을 받고 있다고 들었어요. 변화가 필요한 시점이죠. 신입 선수들은 2천 400만 원 (2023년 5월 기준)을 받을 거예요. 월 200만 원 정도 받는 걸로 알고 있거든요. 최저로. 지금 최저임금 기준에 연봉이 안 맞아서 선수협에서 신입 연봉에 관해 이야기하고 있어요. 만약에 최저 연봉이 올라가면 최고 연봉도 자연스럽게 같이 올라가야 하는데, 올리기가 쉽지 않죠.●

● 2023년 신입 연봉 기준은 2천 400만 원, 최고 연봉 기준은 5천 만 원으로 정해져 있다. 실업팀으로 이루어진 WK리그는 프로리그가 아닌 세미 프로리그이므로, 연봉 상한이 없는 남자 프로축구 리그에 비하면 연봉의 폭이 무척 좁다.

그렇죠. 부디 합의를 잘 이루어서 선수분들이 축구에만 집중할 수 있으면 좋겠네요.

학생 때와 다른 열정과 자세로
축구를 대해야겠다고 결심했어요.
'내가 축구 하나만 보고 달려왔는데
여기서 한번 최고가 돼보자' 했죠.
이왕 하는 거 끝까지 가보자.

조직과 함께 성장하다, 첼시

인생 팀

이지은 ▶ 이제 일본에서 첼시로 넘어가볼까요. '쪽지 영입'을 받았다고 하던데 자세한 얘기를 들려주세요.

지소연 ▶ 2013년 12월이었어요. 일본에서 열린 국제여자축구선수권대회 결승에서 첼시를 만나서 상대로 뛰었는데 당시 저의 소속팀이었던 고베가 4대 2로 이겼어요. 경기 끝나고 첼시의 엠마 감독님이 쪽지를 써서 건네주셨어요. 저는 영어를 전혀 몰랐기 때문에 마침 결승전을 보러온 저의 에이전시 대표님한테 드렸죠.

대표님 말씀이 "너를 영입하고 싶다, 같이 일하고 싶으니 영국으로 오라"는 제안이라고 하더라고요. 정말 많이 놀랐죠. 꿈에 그리던 빅클럽 중 하나인 첼시에서 제안이 온 거잖아요. 그런데 망설여졌어요. 경기를 뛰어보니 제가 기대했던 첼시가 아닌 거예요. 하지만 엠마 감독님이 제시한 첼시의 비전과 꿈이 매력적이었어요. 지금부터 여자 팀을 남자 팀처럼 세계적인 팀으로 만들어갈 건데 그 과정에 합류해달라는 것이었어요. 그 이야기에 제 마음이 흔들렸죠. 이 팀으로 가야겠다, 이 팀에 내가 필요할 것 같다는 확신이 들었어요.

첼시가 팀을 만들어가는 과정에서 내가 이 팀의 중심이 되면 정말 벅차겠다 싶었어요. 첼시의 중심이 돼서 팀과 함께 성장한다, 상상만으로도 좀 멋지잖아요. 그게 정말 실현이 됐던 거죠. 8년 반 동안 이 팀이 정말 아무것도 없었던 시절부터 지금처럼 빅클럽이 되기까지.

제 선택이 정말 옳았죠. 20대 초반이었던 저에게는 도전이면서도 엄청 용감했던 선택이었던 것 같아요. 처음에 영국에 갔을 때 첼시에 정말 아무것도 없었거든요. 입단식을 스탬퍼드 브리지(첼시 FC 홈구장)에서 했어요. 그런데 경기는 막상 다른 곳에서 하는 거예요. 제대로 된 경기장 하나 없이 시작했어요. 1년, 2년 지나면서 훈련구장이 생기고 클럽하우스가 생기고 전용 경기장도 생기고……. 정말 많은 변화가 일어났는데 지금 돌아보니까 그 안에 제가 있었잖아요. 매우 뿌듯합니다.

그때 처음 만났을 때 감독님이 말씀하셨던 비전이 다 이뤄지고 있는 건가요?

당시 엠마 감독님이 "우리는 챔스 우승을 목표로 할 뿐만 아니라 첼시를 전 세계 모든 선수가 오고 싶어하는 클럽으로 만들 거다"라고 하셨어요. 첼시라는 것만으로도 되게 큰 팀인데 목표가 멋지잖아요. 대화를 나눌수록 눈빛에서 진심과 열정이 느껴졌어요. '이분이 정말 말로만 하는 게 아니구나. 그래, 한번 감독님을 믿고 따라가보자' 했는데 어느새 8년 반이라는 시간이 흘렀네요. 그렇게 꾸준히 성장했고 지금은 누가 봐도 세계에서 내로라하는 팀이죠.

첼시로 갈 때 두려움은 없었을까요? 큰 기회이지만 동시에 어느 누

구도 가본 적이 없으니까 실패하거나 적응 못 하고 오면 어쩌지 하는 생각도 들었을 것 같아요.

그런 생각은 전혀 안 했어요. 왜냐하면 제가 첼시와 경기를 뛰고 스카우트 제의를 받은 거잖아요. '내가 가면 무조건 여기서 해낼 수 있겠다' '이 선수들 사이에서, 영국 무대에서 성공할 수 있겠다' 하는 확신이 있었어요. 그냥 빨리 가고 싶었어요.

지소연 선수 영입 때부터 지금까지 엠마 헤이스 감독이 감독을 맡고 있어요. 이렇게 한 감독과 한 팀에서 긴 시간을 함께할 수 있다는 게 무척 행운 같아요.

잘 아시는 것처럼 성적이 늘 공개되는 세계라 못하면 냉정하게 경질될 텐데 엠마 감독님은 8년 반 동안 못한 적이 없어요. 첼시는 신기하게도 항상 1등 아니면 2등, 이렇게 좋은 성적을 내왔고 감독님은 계속 연장을 하시더라고요. 진짜 감독님 대단하신 거죠. 한 팀에서 10년이라는 시간을 보내고 계시니까. 제가 떠나오기 전에 저한테 1년만 더 함께하자고 하셨거든요. 감독님의 다음 계획도 말씀해줬는데 "죄송합니다. 저는 이미 마음을 먹었습니다" 하고 왔어요.

지소연 선수에게 엠마 헤이스 감독은 어떤 사람일까, 지도자로서도 그렇고 개인적인 관계도 궁금해요.

영국에서는 매니저 언니가 정말 친언니이고 엄마 같은 사람이었거든요. 그런데 엠마 감독님도 저의 친구이자 동시에 엄마 같은 존재였어요. 8년 반 동안 제 성격을 완전히 파악하셨고, 무척 배려를 해주셨어요. 다른 동료들 몰래 휴가를 더 길게 주시기도 하고요.

아끼고 있다는 걸 다 표현해줬군요.

네. 다른 동료들은 저보다 2~3주 빨리 들어와서 운동을 시작하는데 저에게는 더 있다 오라고 하셨어요. 제가 집이 너무 멀기도 하고 잘 못 가는 거 아니까. 또 가족을 생각하는 마음을 알기 때문에도 그랬고요. 다른 선수들이 '지(Ji)'가 말하면 다 되니까 네가 가서 감독님에게 얘기하라 그러기도 할 만큼 아껴주셨어요.

기량을 더 끌어올려준 부분이 있다면요?

매년 시즌이 시작하기 전에 감독님과 미팅을 하거든요. 어떤 것들을 감독님이 더 이끌어갔으면 좋겠는지, 어떤 부분을 더 발전시키고 싶은지 물어봐요. 저는 주로 '제가 집중을 못 하거나 그럴 때 좀더 호통쳐주고 더 강하게 이끌어달라'라고 얘기를 했어요. 항상 감독님은 저에게 발롱도르(Ballon d'Or)● 얘기를 했고요.

● 축구 선수에게 주는 가장 권위 있는 상이다. 1959년부터 프랑스 일간지 『프랑스 풋볼』의 주도로 주어지던 이 상은 월드컵 본선 진출 경험이 있는 96개국의 기자단 투표로 주인공을 가려왔다. 친분 없이 오로지 성과로만 평가가 돼 권위와 객관성을 자랑한다.

"우리가 챔스 우승을 한다면 너는 발롱도르도 충분히 받을 수 있다. 그런 자격이 있고 능력을 가지고 있다"라고 항상 자신감을 불어넣어주셨어요.

첼시는 매년 좋은 선수들이 오는 만큼 매일매일 주전 경쟁을 해야 했어요. 제가 8년 반 동안 등번호 10번을 지키면서 계속 뛸 수 있었던 데에는 엠마 감독님이 정말 큰 역할을 해준 것 같아요.●

감독과 같은, 조직의 리더는 참 중요한 역할이죠. 팀의 비전을 제시하고, '네가 이만큼 왔는데 우리의 목표는 여기에 있고, 이 방향이니까 나를 이렇게 따라오라' 하고 제시를 해주는 분이어야 하겠고요. 회사에서도 그런 분을 만나기가 되게 어려운데, 엠마 감독님은 선수의 자발적 동력을 이끌어내는 데 있어 굉장히 탁월하다는 생각이 드네요.

맞아요. 제가 공격력에 있어서는 좋은 모습을 보여주는데 수비에서는 약해요. 그래서 "수비적으로 좀더 강하게 했으면 좋겠다" "웨이트도 더 많이 하고 태클도 더 적극적으로 하고 몸싸움도 더 적극적으로 했으면 좋겠다" 하는 피드백을 주셨어요.

피드백을 주신 다음에는 제가 방법을 찾느라 혼자 헤매게 두

● 축구에서 등번호 '10번'은 공격수에게 부여되는 번호이기도 하지만, 팀을 상징하는 선수에게 부여되는 번호이기도 하다. '펠레' '마라도나' '지단' '메시' 등이 모두 10번이었다. 지소연은 첼시를 떠나올 때까지 10번으로 뛰었다.

지 않고 훈련할 때마다 일부러 더 강한 친구들을 붙여주기도 했어요. 일대일 할 때도 팀에서 제일 강한 친구들을 붙여주고요. 그렇게 훈련을 해왔으니 수비력도 이전보다 조금은 나아지지 않았나 생각해요.

이야기하다보니 감독의 자질 중 가장 중요한 부분이 무엇이라고 생각하는지 궁금해졌어요.

리더십 아닐까요. 이끌어가는 힘. 팀을 하나로 뭉치게 하는 힘. 그에 따라서 큰 차이가 있는 것 같아요.

아무리 잘하는 선수들을 데리고 와도 그 선수들을 하나로 뭉치게 하고 그 팀을 이끌어가는 건 무척 어려운 일이에요. 누구는 욕심이 더 많기도 하고, 누구는 자기 의견을 제대로 말하지 않을 수도 있고. 선수들이 한 팀으로 잘 융화되어야 하는데 엠마 감독님은 그걸 참 잘 해내셨어요.

소통을 자주하시기도 했고, 팀플레이를 어렵게 하는 이기적인 플레이를 하면 가차 없이 경기 주전에서 빼버리기도 하셨어요.

와, 부드러운 리더십일 거로 생각했는데 무척 단호하네요.

감독님은 늘 "이기적일 땐 이기적일 수 있다. 매번 이타적인 플레이를 하지 않아도 된다. 하지만 쓸데없이 이기적인 플레이를 하면 팀에 도움이 되지 않는다"라고 강조했어요. 그래서 적응을 못 하고 떠난 선수들도 있고요.

마지막 시즌쯤에 힘든 순간도 있었다고 들었어요.

내내 잘 지내다가 마지막 즈음 코로나19 때문에 힘들었어요. 한국으로 가야겠다는 마음을 먹은 뒤에 코로나19가 딱 터졌어요. 밖에 나갈 수도 없고 아무것도 할 수 없는 상태가 된 거예요. 결국 코로나19도 걸리고. 그때 너무 괴롭더라고요. 빨리 한국으로 가고 싶고.

그 시기를 제외하고는 영국에서 정말 좋은 시간을 보내서 딱히 힘든 건 몰랐어요. 초반에 날씨와 언어에 적응하는 거, 문화 다른 거 말고는 금방 적응했거든요. 영어는 아직도 어렵지만요. 런던 히스로 공항에 도착하면 '이제 집에 왔구나' 하는 느낌이 들 정도로 편안했어요.

영국에 왔구나, 여기서 뛰고 있구나, 하는 걸 새삼 느낀 순간이 있었을 것 같아요. 세계적인 무대라는 걸 체감했던 순간에 관해서 이야기해주세요.

2015년 웸블리 스타디움[●]에서 결승을 뛰었는데요. 잉글랜드 위민스 FA컵(이하 FA컵) 사상 최다 관중인 3만 710명을 기록했어요. 그때 제가 결승골을 넣었거든요. 제 인생골 중에 하나예요. 팬들이 파란색 첼시 유니폼을 입고 깃발을 흔들어주는데 되게 뜨겁더라고요. 골을 넣었을 때 함성이 엄청났는데 그 순간만큼은 영화처럼 모든 소리가 사라진 것 같았고, 이어

● '축구의 성지'라고 불리는 영국을 대표하는 경기장이다.

서 '내가 진짜 첼시 선수로 이 웸블리 스타디움에서 골을 넣다니' 하는 감동이 밀려왔어요. 그 장면이 머릿속에 박제되어 있어요.

진짜 그렇게 많은 사람 앞에서 골 넣어보는 게 처음이었던 것 같아요. 그날이 또 저희 팀 창단 후 최초로 FA컵 우승 트로피를 들어올린 날이었고요.

말로 듣기만 해도 벅차오르네요. 인생에 다시없을 영광의 순간이었겠어요. 웸블리 스타디움에서 골을 넣은 최초의 한국인이니 역사에도 남는 일이기도 하고요.

멀고 먼 영국에서 내적으로 성장했다고 느낀 경험도 있을까요?

영국은 시차, 문화, 날씨 등이 우리나라와 완전 다르잖아요. 제가 2014년 1월 14일에 갔는데 1~2월은 영국 날씨가 최악일 때거든요. 매일 비가 왔다고 기억될 만큼 비가 정말 많이 왔어요. 해를 보고 싶을 만큼요. 시차가 다르니까 가족이랑 통화하는 것도 쉽지 않고, 거리가 있으니 오가기도 어려워서 항상 보고 싶었어요. 벽에 붙어 있는 라디에이터 기능도 몰라서 방이 너무 추운데 전기장판 하나로 버티기도 했고요. 당연히 밥도 제대로 못 먹으니 배고프고.

그래도 버티고 버티니까 한 달이 지나고, 두 달이 지나고. 한 3개월 지나니까 적응되기 시작했어요. 혼자 장도 보고 요리도 하면서 누구에게 만들어줄 만큼은 아니지만 조금씩 제가 먹을 수 있는 정도의 음식을 할 수 있게 되고. 이래서 사람을 적응의 동물이라고 하나보다 했어요. 제가 처음으로 영국에 진출한 한국 선수이니 잘 버텨내야 저 다음에 다른 선수들에게도 기회가 있을 거라는 책임감도 있었고요.

그렇게 잘 지내다가 아프니까 서럽더라고요. 병원에 혼자 갈 수도 없는 외국에서 돌봐줄 사람 없이 혼자 있으니까 눈물이 나더라고요. 울었어요. 돌이켜 생각하니 매니저 언니를 만나기 전까지 오롯이 견디고 문제를 해결했던 그때가 비로소 홀로 설 수 있는 어떤 관문을 통과한 순간이었던 것 같아요.

제 뒤로 영국에 온 금민(이금민)이나 예은(박예은)이가 제가 어떤 경험을 했으리라는 걸 잘 알더라고요. 두 사람이 영국에 오고 얼마 뒤에 "여기에서 8년 반 시간을 보낸 언니가 너무 대단하고, 이제 조금이나마 언니의 마음을 알 수 있을 것 같아요"라고 얘기하더라고요. 직접 가서 살아보고 느끼는 게 어떤 말을 듣는 것보다 더 큰 것 같아요.

이금민 선수는 어떤 점이 힘들다고 얘기하나요?

금민이는 여러 사람이랑 같이 있는 걸 좋아하고, 혼자 있는 걸 힘들어해요. 대표팀에서 같이 있다가 다시 영국으로 돌아가면 무기력하다가 2~3일쯤 지나면 다시 괜찮아지는 것 같더라고요. 친구들과 가족과 떨어져 있는 외로움을 굉장히 힘들어하는 것 같아요. 저도 그게 제일 힘들었어요.

그렇게 영국을 다녀온 뒤에는 더 두려울 게 없지 않나요? 어디 내

놔도 살아남을 수 있다는 자신감이 생겼죠?

　그렇죠. 저는 문명이 통하는 곳이면 어디를 가도 잘 살아남을 수 있을 것 같아요.(웃음)

처음에 특히나 영어를 못하는 상황에서 팀에 들어가면서 자기만의 캐릭터를 좀 만들어야겠다는 생각도 했을 것 같아요. 첼시에서 분위기 메이커였다는 이야기도 있더라고요.

　놀 때는 같이 재밌게 놀고 춤도 춰요. 분위기를 잘 만들었어요. 제가 다양한 단어를 쓰지는 못하지만 말을 좀 재밌게 하는 편이어서, 그냥 제가 잘할 수 있는 선에서 열심히 하다보니까 동료들이 되게 웃기다고 하더라고요. 이전에 일본에서 3년 있었기 때문에 눈치가 좀 빠릿빠릿했던 것 같아요. 살아남기 위해서 눈치로 잘 이겨낸 거죠.

　처음에, 1년 차에는 '하이' '바이' 두 단어밖에 못 했어요. 그런데 시간이 지날수록 들리는 것도 조금씩 많아지고 말도 조금씩 하게 되니까 신기했어요. 불리할 때는 안 들리는 척도 하고, 필요할 때는 갑자기 막 영어를 하다보니까 "불리할 때는 영어 못하는 척하고 자기가 필요할 때는 영어 잘한다"라고 오해 아닌 오해도 받고.

의사소통이 잘 안 돼서 오해가 있었던 일도 있나요?

　처음에 갔을 때 퍼스트 네임이랑 라스트 네임 물어보는 거예요. 그래서 퍼스트 네임(이름)을 '지'라고 했거든요. 그래서 제

첫 첼시 유니폼에 성 대신 이름인 '소연'이라고 쓰여 있었어요. 동료들이 이름이 '지'인 줄 알고 '지'라고 부르고, 저는 그게 맞는 줄 알고 한참을 지냈어요.

근데 나중에 동료들이 "너 이름이 '지' 아니냐" 그래서 "아니다"라고 했더니 "그러면 친구들이 뭐라고 부르냐" 그래서 "소연이라고 부른다" 했더니, 근데 왜 유니폼에 '소연'이라고 했냐고. 좀 지나고 나서야 바꿨어요.

영어 못해서 생긴 에피소드 많아요. 엄마랑 동생이랑 영국에 놀러 와서 제가 좋아하는 버거 집 '파이브가이즈'로 데리고 갔어요. 매니저 언니랑 갔을 때는 분명 알차게 나왔는데, 제가 시켜보니 되게 부실한 거예요. 햄버거 빵을 열었는데 치즈 한 장 들어가고 끝인 거예요. 원래 큰 버거였는데. 주문을 잘못한 거죠. 그래서 너무 미안해서 "미안해, 누나가 주문할 줄 몰라서" 하고 사과했어요. 지금 생각해도 속상해요.

라커룸에서도 선수들끼리 대화를 많이 하잖아요. 그럴 때 어려움은 없었을까요?

초반에는 영어를 못 알아들어도 그냥 알아듣는 척하고, 알겠다고 했어요. 경기장에서는 눈치껏 했고요. 경기장에서는 제가 그 친구들보다 경험이 많아서 어떻게 해줘야 하는지 알잖아요.

시간이 더 지나서는 선수들이 요구하는 것을 들어주고 제가 먼저 요구도 했어요. 그런 활발한 소통으로 저희가 더 높이 올라갈 수 있지 않았나 싶어요.

첼시에서 적응하고 나서 우리 팀이다, 정말 우리가 한 팀이구나 하고 느꼈던 그 순간이 있었을까요? 있다면 그렇게 되기까지의 과정이 어땠나요?

2021년 챔스 결승이 생각나요. 그 무대에 오르기까지 8년 반이라는 시간을 뛰어온 거잖아요. 비록 준우승으로 막을 내렸지만, 결승에 오르기 위해 저희가 지난 몇 년간 피나는 노력을 했던 과정들이 눈앞을 삭 스쳐 지나가더라고요.

저희가 항상 독일 팀한테 약했거든요. 독일 VfL 볼프스부르크 프라우엔이라는 팀이 있는데, 저희 첼시가 그 팀만 만나면 떨어지고 떨어지고, 한 서너 번을 같은 팀한테 졌어요. 그 팀을 누르고 결승에 가자 했는데 마침 8강에서 만난 거예요. 저희가 항상 그 문턱에서 힘들었거든요. 그런데 그 팀을 1·2차전 합계 5대 1로 이기고, 4강에서도 독일 팀인 FC 바이에른 뮌헨 레이디스를 만났는데, 이겼어요. 독일 팀을 8강, 4강 연달아 때려잡은 거예요. 분위기가 아주 좋은 상태로 결승에 갔어요. 그런데 FC 바르셀로나 페미니라는 벽이 또 있더라고요. 그 벽을 넘는 데는 실패했지만 모두 같은 목표를 위해 한마음으로 뛰었던 그 모든 시간이 한 팀이 되는 과정이자 한 팀이라는 실감을 할 수 있었던 순간이었어요.

한 번 졌기 때문에 정상이라는 목표를 가지고 지금 첼시 선수들이 열심히 뛰고 있을 거예요. 언젠가는 첼시가 꼭 챔스 우승하는 날이 올 거라고 생각해요.

첼시에서 생활을 즐겁게 만들어준 팀 동료가 있다면요?

드류(드류 스펜스) 선수랑 한나(한나 블런델) 선수인데요. 저랑 8년 반이라는 시간을, 처음부터 끝까지 보낸 친구들이에요. 제가 영어를 엉망으로 해도 다 알아주는 친구들. 제가 조금만 얘기해도 제 마음을 대변해주던 친구들이에요. 미팅할 때도 항상 영어사전을 들고 있기는 했지만 두 친구에게 "저거 무슨 뜻이야" 하고 엄청 물어보고 그랬거든요. 나중에는 사전 없이도 대충 무슨 얘기하는지 알아듣게 되었는데, 그때까지 이 친구들 도움이 컸어요. 두 친구가 정말 많이 도와줬어요. 마지막에 첼시를 떠날 때도 같이 떠났어요.

한나는 전 시즌에, 한 반년 먼저 맨체스터 유나이티드 WFC(이하 맨유)로 이적했고요. 드류는 저 떠날 때 토트넘 홋스퍼 FC 위민(이하 토트넘)으로 떠났어요. 팬들에게 굿바이를 같이 한 친구라서 함께 많이 울기도 했어요. 지금은 소현 언니랑 동료예요.

한나 선수가 제일 먼저 떠나게 된 건데, 떠나기로 결정하고 얘기를 해주었을까요?

네. 한나가 계속 경기를 뛰다가 못 뛰는 상황이 왔어요. 그래서 팀을 떠난다고 하니까 아쉬운 마음이 컸죠. 처음부터 같이 해왔던 친구라서 보낼 때 마음이 허전했어요. 그래도 맨유라는 좋은 팀에 가서 경기 뛰는 거 보니까 좋더라고요. 유니폼이 아직도 어색하긴 해요. 파란색을 입다가 갑자기 빨간색을 입으니까 어울리진 않지만 뛰는 거 보니까 좋다고 얘기했죠.(웃음)

제가 한국으로 오기로 결심하고 드류에게 "내년에 나도 떠날 생각을 하고 있다"고 먼저 말했는데, 드류도 이적하려고 한다고 대답하더라고요. "우리 멋지게 마지막을 장식하고 가자, 우리가 첼시 레전드 아니냐" 둘이 이렇게 얘기했어요. 드류는 첼시에서 뛴 지 10년이 넘었거든요. 그 친구는 저보다 더 오래 있었어요. 심지어 저랑 경쟁자였어요. 같은 자리라서 저 때문에 경기를 못 뛰기도 했어요. 그런데도 제일 친한 친구예요. 그 친구가 있었기에 제가 안심할 수가 없었어요. 드류는 경기에 많이 나서지 못해도 매일매일 치열하게 경쟁해줬어요. 그래서 그 친구한테 너무 미안하기도 하고 고맙기도 하고 그랬어요. 대단한 친구죠.

그런 친구를 보다보니 '경기 안 뛰니까' 열심히 안 하고 훈련에 신경 안 쓰고 방심하고 있는 선수들이 보여요. 경기에 언제 들어갈지 모르니까 항상 준비가 돼 있어야 해요. 드류처럼 언제나. 제 친구지만 정말 존경해요.

주전으로 못 뛰는 힘든 시간을 보내면서도, 포기하지 않는 마음을 가질 수 있다는 것에 놀랐어요. 8년 반은 굉장히 긴 시간이에요. 나이도 저보다 겨우 한 살 어려요. 처음에는 같이 뛰었죠. 그런데 선수들이 계속 들어오니까 벤치에 있는 날들이 늘었어요. 그럼에도 늘 준비하고 같이 뛰는 그 마음을 크게 배웠어요.

저는 동료 운도 되게 좋은 것 같아요. 첼시에서도 그렇고, 일본에서도 그렇고. 진짜 훌륭한 선수들과 같이 볼을 차다보니 그들에게 배우는 부분이 많았어요.

첼시에서 만난 드류 선수 이야기는 정말 감동적이네요. 본인이 주전을 뛰지 못하는 상황에서도 계속 준비한다는 태도가.

저도 너무나 놀라워요. 그 친구를 8년 반 동안 봤지만 '나라면 그렇게 할 수 있을까' '이 선수처럼 할 수 있는 선수가 또 있을까'라는 생각을 많이 했어요. 진짜 준비란 이 선수처럼 해야 자신한테 부끄럽지 않다는 결론이 나오더라고요.

첼시에서 보낸 8년 반이라는 시간을 정리하고 들어왔는데, 팀을 떠나기로 결정하고 난 뒤 떠나오는 마음이 어땠을까요?

제가 커왔던 곳을 떠나려고 하니까 되게 이상했어요. 경기장 잔디에서 한참 서 있다가 왔어요. 그때 생각하면 아직도 눈물이 나는데, 마음이 너무 힘들었죠. 라커룸도 숙소도 다 정리하는데…… 프로로서 한 팀에서 그렇게 오래 있던 적이 처음이었으니까요.

제가 선수로서도 인간으로서도 성장하며 굉장히 알차게 보냈던 이곳을, 이 팀을 과연 떠날 수 있을지에 대해서 한국 오기 전날까지도 생각했어요.

저는 첼시를 언제든 다시 돌아갈 수 있는 고향이라고 생각하기로 했어요. 놀러 갈 수도 있고, 가서 공부할 수도 있고, 지도자의 길을 걷는 초석을 닦는다거나 하는 그런 집이라고 생각하고, 너무 슬퍼하지 말자고 스스로에게 이야기했어요.

첼시를 뭐라고 표현을 해야 될지 모르겠어요. 저에게는 유일한 의미의 팀이죠. 고베도 정말 좋았고, 지금 소속팀도 좋지만, 제가 8년 반 동안 그곳에서 보낸 시간들은 다른 무엇과도 비교할 수 없을 것 같아요.

첼시를 떠나야겠다고 마음먹었던 날에 대한 기억이 있어요? 아니면 어떤 계기가 있었던 걸까요? 삶의 방향을 크게 바꾸는 결정이었는데요.

특별한 계기나 순간이 있었다기보다 천천히 마음을 정했던 것 같아요. 오랫동안 진짜 이 팀을 떠나는 게 맞는가, 진짜 내가 이 팀을 떠날 수 있을까, 그런 생각을 많이 했어요. 주변에서는 "10년까지 채우고 와라, 10년까지 채우고 와도 충분하다"라고 했고, 사실 그러고 싶은 마음도 있었죠. 하지만 많은 분이 제가 영국에서 뛰는 걸 알고는 있지만, 직접 뛰는 모습을 보지는 못했을 거예요. 몸 상태가 좋을 때 우리나라 팬들에게도 저를 보여주고 싶었어요.

8년 반 있으나 10년을 있으나 제가 첼시의 레전드라는 건 바뀌지 않잖아요. 10년이라는 숫자도 의미가 있겠죠. 그렇지만 지금까지 제가 첼시에 공헌한 건 명백하게 증명이 되었고, 그 사실은 바뀌지 않으니까 지금 떠나겠다 결정을 한 거예요.

팀을 떠난다는 생각을 처음으로 한 건 2021 챔스 준우승했을 때였던 거 같아요. 영국에 있으면서 할 수 있는 모든 대회를 우승했어요. 올해도 작년에도 재작년에도 다 했기 때문에 여기서 내가 더 이룰 게 무엇일까 고민이 되었어요. 이루지 못한 것 하나가 챔스 우승인데, 이걸 놓지 못하면 '이러다가 영영 한국 못 갈 것 같다'고 생각했어요. 이미 8년 반 동안 챔스 결승이라는 목표를 향해서 뛰어왔으니까요.

첼시를 떠나올 때 "나 여기 못 떠날 것 같아. 이 경기장 잔디가 너무 그리울 거 같아" 하고 혜리(김혜리)한테 말했더니, 혜리가 저에게 "너 그냥 거기 잔디에서 하루 자고 와" 그랬어요. 축구장에서 텐트 치고 하루 자고 오라고요.

정말 그리울 것 같아요. 수많은 땀방울과 눈물이 쏟아졌던 장소니까요. 경기장 함성도 그렇고요.

업계 특성상 한 팀에 오래 있는 게 매우 이례적이죠. 다른 좋은 오퍼들도 들어왔을 텐데 흔들리지 않았던 이유가 무엇일까요?

오퍼는 매년 많았어요. 한 번은 올랭피크 리옹 페미닌(이하 리옹)에서도 왔는데, 챔스 우승 경력이 많은 팀이라 그 팀에 가면 솔직히 챔스 우승할 확률이 더 높아지잖아요. 챔스 우승이 제 목표였으니까. 하지만 리옹이라는 팀에 가서 우승을 하면 그게 나에게 의미가 있을까, 팀을 바꿔 우승한다고 하면 목표를 이룬 걸까, 하는 생각을 했어요. 우리 팀에서 챔스를 우승하는 것, 같이 가야 의미가 있다는 결론이었어요. 제 마음이 분명했죠. 그래서 좋은 오퍼였지만 거절했고요. 첼시랑 끝까지 같이 가고 싶었어요.

여태까지 제가 노력한 것들을 뒤로하고 그렇게 이루는 건 아니라고 생각했어요. 첼시에서도 충분히 우승이 가능하다고 생각했기에, 리옹도, 파리 생제르맹 FC 페미닌(이하 파리 생제르맹)도 거절했죠. 저에게 유럽 팀은 첼시밖에 없다고. 한국 오기 전에도 미국 팀 서너 곳에서 연락이 왔어요. 다 거절했어요. 원래 가고 싶었던 팀도 있어서 너무너무 힘들었어요, 거절하기까지.

그러면 오퍼 거절과 같이 중요한 결정을 내리면, 다시 뒤돌아보지 않는 스타일인가요?

후회하지 않아요. 오퍼 거절했던 해에 결국 리옹이 우승했어요. 그때 "아, 진짜 갈걸. 갔으면 우승컵 들었는데" 하고 첼시 동료들에게 농담은 했지만 돌아보는 스타일은 아니에요.

조직에 속해 있다보면 '내가 지금까지 해온 방식이 맞나' '회사와 서로 좋은 영향을 끼치고 있는 건 맞나' 이런 고민을 할 때가 있어요. 계속 좋은 성과가 있었지만 한 팀에 오래 있다보니 첼시 말고 다른 팀 훈련이나 운영 방식이 궁금하기도 했을 것 같아요.

그런 호기심도 생기죠. 그런데 첼시에는 매년 더 잘하는 선수들이 들어오기도 하고, 기존에 있던 선수들도 매년 발전하기도 하니까 그걸로 충족이 됐어요. 그런 선수들과 운동하다보니까 매일 하는 운동 강도나 방식 같은 것도 달라지고요.

팀 구성원이 계속 변화하니까 소속은 같아도 자신이 고여 있다는 느낌이 전혀 들지 않겠네요.

만약에 제가 같은 수준에 머무르고 있다면 팀에서 먼저 내보내지 않았을까 싶어요. 냉정하잖아요. 프로의 세계니까.

첼시에서 떠날 때 10번을 결번하자는 이야기까지 나왔어요.

팀 동료들이 하자고 했는데 로런 제임스 선수가 "10번 하고 싶다. 자기 달라." 해서 올해부터 그 친구가 10번이 되었어요. 만 16세에 프로 리그에 데뷔한, 영국에서도 정말 각광받는 친구예요. 기대감이 큰 친구.

외국 리그로 진출할 꿈을 꾸고 있는 선수들에게 필요한 사항을 조언해준다면요?

공부를 하면 좋겠어요. 어렸을 때부터 공부를 등한시한 게 너무 후회가 되더라고요. 외국어 공부는 특히 중요해요. 언어가 되면 적응하는 데 있어서 큰 도움이 되거든요. 그래서 제가 선수들만 보면 영어 공부하라고 재촉해요. 외국 리그 진출을 하지 않는다고 해도 외국어 공부를 하는 건 자기 인생을 위해 좋은 것 같아요.

그다음에 선수들이 가장 중요하게 고려할 사항이라면 에이전시를 잘 만나는 거죠. 선수를 이용해서 사기 치는 사람들이 여전히 있어요. 저에게 물어보는 친구들은 웬만하면 제가 아는 분들을 소개해주려고 해요.

아직까지는 남자 선수들보다 여자 선수들이 외국으로 나가는 게 적잖아요. 그래서 통로를 잘 모르는 선수들이 많은데, 주변에 해외파 언니들한테 조언을 구하는 게 제일 좋을 것 같아요. 실제로 영주(이영주), 금민이, 예은이가 나갈 때 조금 도움을 주기도 했어요. 뿌듯했죠.

저는 김연경 선수의 에이전트였던 인스포코리아 윤기영 대표님을 통해서 갔어요. 2013년에 대표님과 만났고 지금까지 인연이 되어 여기까지 왔어요. 어느덧 10년이 넘었네요.

마지막으로 덧붙이고 싶은 얘기가 있어요. 아마 외국 리그로 나가면 생각했던 것보다 더 힘들 수도 있지만, 반대로 걱정했던 것보다 더 해볼 만하다는 판단이 들 수도 있어요. 실패에 대한 두려움이 있을 수 있죠. 그럼에도 더 많은 선수들이 자신을 믿고, 자기의 목표와 속도에 맞춰서 꼭 도전했으면 좋겠어요. 도전은 과정이지 결과가 아니니까요.

첼시의 비전과 꿈이 매력적이었어요.
이 팀으로 가야겠다, 이 팀에 내가
필요할 것 같다는 확신이 들었어요.
첼시의 중심이 돼서 팀과 함께 성장한다,
상상만으로도 좀 멋지잖아요.

다시 도전, WK리그

이지은 ▶ 2022 WK리그를 마무리했어요. 한국에서 처음으로 뛰면서 어떤 걸 느꼈을지 궁금해요. WK리그에 대해 많이 듣고 보고 했겠지만 실제로 부딪혀본 경험이 기대와 달랐을 것 같기도 한데요.

지소연 ▶ WK리그를 밖에서 바라보던 입장이었다가 드디어 한국으로 와서 데뷔했고, 직접 경험해보니까 더 충격이었어요. 제가 외국에서 선수 생활을 했던 11년 동안 WK리그는 뭘 한 거지 싶은 생각까지 들더라고요. 앞서 말씀을 드렸지만, 제가 일본에 갔을 때, 그다음 영국에 갔을 때, 두 곳 모두 여자 프로팀과 리그를 제대로 만들어보자고 하던 시기였어요. 짧은 시간 동안 엄청나게 발전을 했고요. 물론 WK리그 발전을 위해 노력해주신 분들도 많겠지만, 세계 축구, 유럽 축구와 WK 리그는 정말 차이가 커요. 이렇게 하다가는 정말 따라갈 수 없을 정도로 격차가 벌어지겠구나 싶었어요.

아직까지 인조 잔디 구장에서 경기를 한다든가 경기를 뛴 다음날에 바로 경기를 하는 등 선수가 전혀 보호받지 못하고 있어요. 환경이 가까운 일본이나 대세인 유럽과 비교도 안 될 만큼 너무 열악해서 깜짝 놀랐어요. 영국에서는 한 경기를 뛰면 최소 48시간, 72시간이 지난 뒤에 뛰게 돼 있어요. 선수 생명과 관련된 문제인데 이것조차도 보호가 되지 않는 것이 놀라운 거죠.

유럽에서 선수 생활을 하고 K리그로 돌아온 남자 선수들이 잔디 이야기를 하면서 우리나라 잔디가 딱딱하다, 무릎에 무리가 있다고 이야기하던데, 하물며 인조 잔디라면 선수의 체력이나 회복력에 영향을 끼치고 있을 텐데요.

인조 잔디 구장에서 경기를 한다고 했을 때 막막했어요. 아무래도 인조 잔디는 선수들이 뛰는 데 있어서 종아리 같은 데 무리가 많이 가서 부상 당할 위험이 높거든요. 특히 저는 꽤 미끄러운 영국 잔디에 적응이 돼 있다가 한국에 와서 막상 뛰어보니 땅이 뻑뻑하고 딱딱해서 제 다리에 무리가 온다 싶으면 조금 겁이 나더라고요.

한여름에는 인조 잔디가 달궈져서 더 힘들었을 것 같아요.

여름에는 화상도 입었어요. 영국 천연 잔디에서 뛰던 습관대로 태클을 했는데 인조 잔디가 달궈져서 화상을 입은 거죠. 허벅지에서 진물도 나고 고름도 나고 고생했어요. 다시는 여름에 인조 잔디에서 태클을 하지 말자, 머리에 새기고 마음을 먹어도 그 상황이 되면 또 해요. 찢어져 있어도 또 해요. 또 쓸리고 또 찢어지고 어쩔 수 없어요. 후배들도 다리에 상처가 많아요. 내년부터는 조금 더 천연 잔디를 쓸 수 있게끔 얘기를 하는 중인데 어떻게 변경이 될지는 잘 모르겠어요.

누구라도 만나면 "바꿔주세요" 하고 입에 달고 살아요. 하지만 안타까운 건 우리 선수들이 불만이 있어도 목소리를 낼 수 없는, 도약이나 변화가 이루어지지 않는 환경에 놓여 있다보니까 욕먹을까봐 다들 말할 엄두를 못 내요. 선수들이 목소리도 낼 줄 알아야 환경도 개선되고, 개선된 환경에서 플레이도 발전하는데, 무서운 거죠.

저는 외국에서 선수 생활하면서 목소리를 내는 게 당연한 걸로 배웠거든요. 첼시에 처음 갔을 때, 영국도 여자 리그는 척박할 때라 늦은 오후 7시 반에 인조 잔디에서 훈련해야 했어요. 그때도 바꿔달라고 감독님께 얘기했어요. "우리가 첼시라는 이름에 걸맞은 팀이 되려면 싹 다 바꿔야 합니다. 운동 시간, 식사, 환경. 모든 게 잘 갖춰져야 우리가 집중해서 좋은 퍼포먼스를 보여줄 수 있지 않을까요?"

그러니까 감독님께서 "성적을 내면 얘기할 수 있다"고 하셨어요. 그래서 "그럼 성적을 내겠다. 내가 바꾸겠다" 했고, 첫번째 시즌에 2위를 하니까 훈련 시간도 바뀌었어요. 그다음 시즌에 우승을 하고 나니 저희만의 구장이 생기고 클럽하우스도 생기고. 너무나 감격스러웠어요. 훈련도 인조 잔디에서 더 이상 안 하고, 천연 잔디에서 하고, 훈련 시간도 오전 11시로 바뀌고, 오후에는 개인 시간 가지고. 식사도 아침이랑 점심, 영양식 제공되고. 제가 다 말했어요. 그래서 하나하나씩 바꿨어요.

저희 권리라는 건, 인권이라고 하잖아요. 그런데 WK리그로 와보니 마땅히 보장받아야 할 권리를 선수들이 보호받지 못하고 있는 것 같아 속상했어요. 여자축구에 조금이나마 도움이 되고자 하는 마음으로 왔지만 제가 이 안에서 할 수 있는 게 정말 있을까 싶어서 물음표가 많이 생기고 조금 막막한 상태예요. 저 혼자 계속 이런저런 얘기를 하면 저만 불만 있는 사람, 이상한 사람이 되겠죠. 그래도 절대 굴하지 않고, 바꿔야 한다면 목소리를 낼 거예요.

저 혼자 목소리를 내는 데 한계가 있어서, 우리도 유럽처럼 프로선수협회가 있으면 좋겠다고 생각했는데, 있더라고요. 한국프로축구선수협회(이하 선수협)인데, 지금은 여자 선수 회원들이 부족한 상황이지만 어떤 단체인지 조금씩 알리고 있어요. 제가 직책을 맡는 걸 좋아하지는 않지만, 누군가는 해야 할 일이라서 우선 공동회장을 맡았어요. 선수협이 어떤 단체인지 선수들에게 일단 많이 알리고, 이후 안정화가 되면 자리에서 물러나려고요.

여자 선수들의 권리 보호와 환경 개선 등을 위해 선수협의 발전이 큰 과제이겠군요. 선수협 공동회장으로서 어떤 목표가 있을까요?

선수협이라는 단체는 축구 선수로서 당연히 가져야 할 권리들에 대해 선수들 목소리를 하나로 결속력 있게 만들어서 그 목소리에 힘이 더 실리는 걸 목표로 해요. 아직은 회원이 많지 않아서, 일단 목표는 등록된 프로 선수의 70퍼센트 이상이 회원이 되도록 하는 거예요.

선수들이 더 좋은 환경에서 생활할 수 있게끔, 예를 들면 리그 일정, 경기하는 요일과 시간대도 바꿔야 하고, 연봉 상한제 등 해결해야 문제가 굉장히 많아요. 그런 문제를 연맹과

구단 등에 얘기하려고 하면, 대표성을 띠느냐 하는 문제가 있는 거죠. 그렇게 얘기할 수 있을 만큼 저희가 결속력을 가져야 목소리를 내는 데 힘이 될 거예요. 지금까지는 대략 207명 중에 140명쯤 가입했어요(2023년 5월 기준).

한국으로 올 때 주변에서도 모두가 반대하고, 언론 반응도 안 좋았어요. 어떻게 주변을 설득했을지 그 과정이 궁금합니다.

딱 한 분이 진심으로 찬성했어요. 엄마였죠. 항상 생일상도 한 번 제대로 못 차려줬다고 이제 오라고 하시더라고요. 그런데 공교롭게도 2023년에도 생일상은 어렵게 되었어요. 아놀드 클라크컵 출전으로 제가 생일에 영국에 있게 되더라고요. 이런 운명이…….(웃음)

한국으로 오겠다는 결정에 엄마가 제일 기뻐했고, 그 외 모두가 반대했어요. 친구들도 그랬고, 감독님들, 첼시 동료들, 축구 업계에 계신 분들 모두 "2년만 더 하고 가라" "참다 와라" 했죠. 좋은 팀에서 뛰고 있고 아직도 몇 년 더 뛰어도 되는데 척박한 환경으로 왜 오려고 하는지, 첼시에서 은퇴를 해도 되는 상황인데 왜 가려고 하는지 많이 물어보더라고요.

어떤 분들은 제가 선수로 나이가 많아 계약을 안 해줬다 하는 얘기도 해요. 하지만 잘 모르는 분들이죠. 제가 첼시랑 계약을 안 하고 마지막까지 남아 있으니 세계 여러 팀들에서 제안을 해온 상태였어요. 한국에 와서 뛰겠다는 결정을 하기 전에는 사실 첼시에서 은퇴하는 게 제 목표였어요. 다만 제가 경험했던 것들을 우리 후배들이나 친구들에게 빨리 공유하고 싶은 마음이 컸고, 말씀드렸던 것처럼 한국에 계신 팬들께도 제가 뛰는 모습을 보여드리고 싶었어요. 그래서 마음먹었던 거예요. 그게 아니라 저만 생각했으면 오지 않았을 거예요.

WK리그에 비해 WSL(영국 여자 슈퍼 리그)은 구단별로 선수 관리를 위한 스태프진 구성도 잘되어 있지 않나요?

첼시는 팀 소속 선수가 한 25명이면 거의 일대일로 스태프가 있어요. 남자팀과 같이 운영되는 측면도 있어서, 시스템적으로나 환경적으로나 따라갈 수가 없어요. 일단 훈련할 수 있는 운동장이 서른 곳쯤, 이 잔디 안 되면 이 옆에 잔디, 이렇게 운동장을 골라서 훈련했어요. 돔구장도 보유하고 있고, 웨이트장, 수영장, 치료실이 있고요.

하루는 발목이 아파서 진료를 받으러 갔어요. 병원도 아니고 저희 팀 닥터들이 있는 방에 갔는데 제가 들어가니까 그 뒤로 한 일고여덟 분이 들어오는 거예요. 저분들은 누구일까 했는데, 각 분야별 의료진이었어요. 족저, 무릎, 어깨, 허리 등 각 전공별 닥터들이 제 이곳저곳을 살피면서 진료하는 걸 보면서 여기가 확실히 다르구나 느꼈죠.

팀 닥터 한 명은 꼭 있고, 마사지 트레이너도 네다섯 명, 피지컬 코치도 두 명, 데이터 분석관도 두 명, 선수들 찍어주는 포토그래퍼, SNS에 업로드 담당자, 원정 갈 때면 동행해주는 안전요원들, 현장 안내해주는 로드 매니저 등 일단 스태프가 꽝장히 많아요.

한국에 오니까 감독님, 코치님, 골키퍼 코치님, 피지컬 코치님, 매니저님까지 여섯 분이에요(2022년 기준). 다른 팀에 비해 저희 수원FC 위민(이하 수원FC)이 나은 편이기는 하지만, 모든 면에서 최고인 팀에 있다가 보니 차이가 보이죠.

리그 운영도 말하자면, WK리그 경기는 월, 목 오후 4시더라고요. 보고 싶은 팬도 경기를 보러 올 수 없잖아요. 팬들이 없는 경기장에서 경기를 뛰니까 상당히 외롭더라고요. 오기 직전까지 팬들 많은 데서 뛰었는데, 갑자기 조용한 구장에서 뛰려고 하니까 적응이 안 되긴 했어요. 경기장에서 노랫소리 들리고 응원가도 들리면 선수들은 굉장히 힘이 나거든요.

경기 시간과 요일은 너무 아쉬운 부분이죠. 주말에 하면 그래도 보고 싶으신 분들은 보러 올 수 있지 않을까. 평일 4시에서 7시로 바뀌었다고 하는데, 평일에 퇴근해서 바로 달려올 수 있는 분이 얼마나 있겠어요.

첼시도 처음에는 한 300명 정도였던 팬에서 시작해 지금은 기본 3~4천 명씩은 채워요. 웸블리 스타디움에서 하는 큰 경기는 거의 5만 명이 찬다고 보면 돼요. 경기를 주말에 하면서 팬이 굉장히 많이 늘었죠.

질문들을 준비하다가 느끼기도 했고, 이야기를 들어보니, 앞으로 해야 할 일이 너무 많아서 진짜 할 수 있을까 막막해지기도 하네요.

문제는 아직까지도 제가 여자축구를 이끌어가야 된다고 많이 들 말씀한다는 거예요. 그 말 자체가 저에게 주는 부담감은 없어요. 근데 큰 위기라고 생각해요. 10여 년 전이나 지금이나 저 하나가 한국 여자축구를 이끌어야 한다는 것만으로도 말이 안 돼요. 아직까지도 제가 에이스이고, 팀의 중심이라고 얘기해요. 베테랑으로서 팀의 중심은 될 수 있어요. 하지만 새로운 에이스가 더 많이 더 자주 나와야 해요. 리그 환경이 계속 지금과 같다면 한국 여자축구의 미래를 새롭게 써나갈 선수들이 나타나기 어려울 것 같아서 정말 안타까워요.

수원FC는 남녀 통합 클럽 모델이고 2022년 시즌부터 WK리그 최초 유료 입장을 시작했어요.

유료로 돈을 받고 하는 경기라면 정말 준비를 잘해야 되거든요. 관중의 기대에 걸맞은 경기를 보여줘야 해요. 그래서 약간 걱정했어요. 유료 관중을 맞이할 만큼 준비가 되어 있는 것일까. 그럼에도 프로 경기라면 관람료를 받아야 하죠. 이렇게 여자축구도 조금씩 변화하고 있어서 인내심을 갖고 나아가려고 해요.

국내 WK리그 팀들에서도 제안을 많이 보냈을 듯한데요. 수원FC를 택한 이유라면요.

저를 더 간절히 원했어요. 대하는 태도가 확연하게 달랐어요. 김호곤 전 단장님이 크게 힘쓰셨고요. "대한민국 최초로 남녀 통합을 한 팀이 우리밖에 없다. 그 길을 너와 함께한다면 우리가 좀더 힘을 받아서 갈 수 있지 않겠냐. 와서 도움이 되어 달라"라고 하셨는데, 남녀 통합 클럽 모델이 되는 데 힘을 실어달라는 부분에 굉장히 설득되었어요.

지금까지 남녀 팀을 다 보유하고 있는 프로팀이 없다는 게 무척 놀라웠어요. 남녀 통합 클럽 운영을 하는 곳이 수원FC가 최초라는 뉴스가 축구계에 큰 영향을 주면 좋겠네요. 남녀 통합 클럽을 운영하는 것과 아닌 것에 어떤 차이가 있는 걸까요?

현재는 남자팀들이 아무래도 여자팀에 비해 인기가 많잖아요. 여자팀 입장에서는 좀더 관리된 경기장을 쓸 수 있고, 마케팅 측면에서도 보탬이 되죠. 지금도 여자팀 중에서는 저희 팀이 마케팅을 활발하게 잘하고 있어요. 클럽 입장에서도 팬들이 하나의 팀을 같이 응원한다는 게 장기적으로 큰 도움이 되고요.

화제를 조금 바꿔서, WK리그로 와서 그간의 경험과 구체적으로 다른 지점이 동료 선수들과의 관계가 아닐까 했어요. 이전에 외국인 선수들 사이에서 있었을 때와 좀 달랐을 것 같아요.

외국에서도 저는 워낙 잘 지냈어요. 하지만 경기를 할 때나 일상생활에서 영어를 쓰지 않는 게 굉장히 편하네요. 영국에서 동료 선수들과도 굉장히 가까이 지냈지만 한국에는 어렸을 때부터 같이 뛰어온 친구들이 지금까지도 WK리그에서 활약을 하고 있어서 다시 만나니까 조금 이상한 기분도 들었어요. 다른 팀에서 뛰는 선수들도 있지만 김혜리 선수, 임선주 선수, 정설빈 선수, 이세은 선수, 김도연 선수, 장슬기 선수, 이민아 선수, 김정희 선수도 어렸을 때 저와 대표팀에서 만났고요. 권은솜 선수, 전은하 선수, 심서연 선수, 어희진 선수 등 많아요. 누구 하나 빼놓을까봐 걱정되네요. 대표팀 선수들은 모두 이름을 써야 할 것 같고요. 너무 안타까운 건 이현영 선수 같이 꼭 함께하고 싶었는데 제가 오기 전에 은퇴를 했더라고요. 아쉬워요.

저 혼자 계속 이런저런 얘기를 하면
저만 불만 있는 사람, 이상한 사람이 되겠죠.
그래도 절대 굴하지 않고,
바꿔야 한다면 목소리를 낼 거예요.

지소연이라는 사람

무표정한 얼굴 뒤에 장난기가 가득하다. 친한 동료들 이야기가 나올 때면 웃음부터 터지기도 한다. 훈련과 경기, 자신이 해내야 하는 일 앞에서는 한없이 진지하지만 일상에서는 긴장을 좀 풀고 한껏 허술한 상태로 지낸다. '무서운 선배'라는 인식도 일부 인정하면서 오해도 있다고 고개를 내젓는다.

어깨너머로 무엇이든 보고 배우려고 열심이었던 사람, 20년 지기에게 뜨끔한 피드백을 받아도 서운함보다 고마움을 느끼는 사람, 경기 피드백을 솔직하게 줄 수 있는 사람들을 곁에 두고 아끼는 사람, 쉴 때도 동료들을 만나서 또 축구 이야기를 꺼내는 사람, 다른 종목 선수들에게도 자신과 비슷한 상황을 보고 공감하며 그들의 실력에 누구보다 감탄해 마지않는 사람, 그렇게 한 번 만나고도 앞으로의 인연을 소중하게 지켜가려고 노력하는 사람.

어디서든 성공할 사람은 공식처럼 정해져 있는 게 아닐까 싶다. 스스로 자신의 운을 만들기 위해 부지런히 움직이는 사람의 곁에는 자연스럽게 도와주고 싶은 마음으로 다가오는 사람들이 있다. 먼저 다가가고 나누려는 사람에게 마음이 동하지 않기란 어려우니까.

루틴

이지은 ▶ 선수 생활 외에 일상이 궁금한데요. 시즌과 비시즌의 하루 루틴을 말해준다면요.

지소연 ▶ 차이가 크죠. 시즌 중에는 오전 7시 반에 일어나 8시에 밥을 먹고요. 개인 운동 나갔다가 몸이 피곤하면 휴식을 취하는데 비시즌에는 영어 공부를 해요. 만약 오후에 훈련을 하면 오전에는 쉬거나 아니면 개인 운동, 부상 방지를 위한 보강 운동을 하고요. 40분 정도 하체 근력을 위주로 채우죠. 오후에 훈련하고 저녁 먹고 그다음에는 자유 시간이에요. 친구들이랑 카페를 가거나 영화를 보거나 해요. 아픈 부위를 치료받기도 하고요. 저희 팀에 치료실이 있어서 트레이너 선생님한테 매뉴얼 마사지 받고 기계 치료해요.

시즌 끝나고 루틴은, 2주는 푹 쉬어요. 자고 싶을 때 자고 일어나고 싶을 때 일어나고. 약간 '저세상 텐션'으로 지내는 것 같아요. 그런데 2주 동안 풀어놔야지 해도 사람이 해오던 게 있어서 막 풀어지지 않더라고요. 어느 정도까지 풀어야 되는지 알아요. 조절이 돼요. 그게 짜증나요. 2주 정도는 푹 쉬어도 되는데 그게 잘 안 되더라고요.

운동하다가 안 하려면 안 하는 것도 노력이 필요하다는 거죠?

2주 동안 팍 쉬었다가 운동을 시작하려면 힘들 걸 알기 때문에, 약간 '나 이러면 안 돼' '조절이 필요해' 이런 게 막 머릿속에 떠다녀요. 그래서 딱딱 지켜요. 자야 할 때 자고. 풀어놓자 하는 거 며칠 못 가요. 한 3~4일 가나. 그래도 정해둔 2주 동안에는 친구들 만나서 가고 싶은 데 가고, 가족들이랑 시간 보내기도 해요.

이거 너무 모범생 답안인데요. 그렇게 잠깐 풀어두는 2주 동안에 살이 좀 붙나요?

비시즌에 살을 찌워놔야 되거든요. 근데 또 힘들 걸 알아서 많이 안 찌워요. 거의 그대로. 많이 쪄야 1킬로그램. 진짜 비시즌에도 잘 안 쪄요.

예전에는 비시즌 중에 근육을 늘리기 위해서 일부러 찌웠거든요. 뛰면서 다 빠지니까. 지금은 조금씩 조절하게 돼요. 천천히 먹고 웨이트 트레이닝을 좀 하고.

부상 방지 관리법이 따로 있다고 들었는데요.

저는 발목이 좀 안 좋아요. 발목을 많이 써가지고. 그래서 보강 운동을 많이 하는 편이에요. 첼시에서는 운동 매뉴얼을 받아서 본격적인 운동하기 전에 항상 30~40분 정도 해주고 나가면 괜찮았어요. 정말 기본에 충실을 하면 잘 안 다치는 것 같아요. 선수마다 무릎이면 무릎, 발목이면 발목 등 부위별로 보강하는 법이 있어요. 서로 정보를 주고받기도 하고, 트레이너 선생님들에게도 많이 배우고요.

훈련 이후에 회복을 위한 루틴에는 어떤 게 있을까요?

기본적인 걸 중시하고 잘 지켜요. 일단 잘 먹어요. 영양제, 프로틴, 아미노산 잘 챙겨 먹고. 또 잘 쉬어요. 정말 푹 쉬어요. 침대와 한 몸으로 지내요. 훈련한 뒤에 저처럼 잘 쉬는 사람이 없을 거예요. 우리 팀 선수들만 봐도 쉬지 못하고 운동 나가고 그래요. 푹 쉬는 것과 수면이 중요하거든요. 잠도 되게 잘 자요.

침대와 한 몸이 되어 있을 때는 뭘 하나요.

제가 좋아하는 선수들이 경기하는 영상을 보거나 우리 팀 영상, 제 영상도 즐겨 봐요.

쉬면서도 축구 영상 보고, 그리고 전략에 대해서도 좀 고민도 해보고, 이런 게 너무도 숨 쉬듯 몸에 배어 있네요. 그 외에도 평소에 축구를 잘하기 위해서, 일상적으로 하는 일들이 있을 텐데요.

경기한 뒤에는 축구했던 친구들이나 선배들에게 조언을 최대한 얻는 편이에요. 굉장히 솔직하고 냉철하게 피드백 받는 걸 좋아해요. 물론 진짜로 그렇게 얘기해주면 욕을 하기는 하죠.(웃음)

경기가 없을 때도 축구 얘기가 빠지지 않아요. 어떻게 하면 축구를 더 잘할까, 늘 고민하는 거 같아요. 그렇게 얘기를 하다보면 거기에서 힌트를 얻기도 해서 경기장에 나가서 그때 이야기한 것들을 다시 생각하고 적용해보기도 하는데 그게 큰 도움이 됐어요.

잠을 잘 잔다고 했는데, 비결이 있나요?

　밤 11시에서 11시 반 사이에는 잠드는데, 숙면을 위한 특별한 비결은 없고 몸에 배어 있는 것 같아요. 휴식기에는 수면 시간도 좀 늘긴 하는데 시즌이 시작되면 매일 일정한 수면 시간을 지키고 있어요.

쉬어야 할 때 못 쉬는 후배들에게, 일과 나를 분리하는 방법에 대해서도 해줄 얘기가 있을까요?

　저희 후배들은 축구할 때 축구하고, 놀 때 놀아요. 저보다 더 잘해서 보탤 말이 없어요. 축구하다가 스트레스를 받으면 풀어야 운동에 집중이 잘되거든요. 저는 후배들이 운동할 때 집중을 해준다면 노는 거는 완전 찬성이라 "나가서 놀아라. 신나게 놀고, 그때만큼은 축구 생각하지 마라"라고 해요.

　정작 저는 놀 때도 축구 얘기를 하는 걸 좋아하면서요. 핑계를 대자면, 친구라고 해도 축구 선수들이 대부분이니까, 놀러가서도 역시 축구 얘기를 하게 되고 그렇습니다.(웃음)

프로축구 선수들 유튜브를 보니까 직장인처럼 일정하게 출근하더라고요. 아침에 개인 운동을 시작으로 팀 훈련까지 하고, 훈련이 끝나면 퇴근해서 개인 생활을 하고. 출퇴근 시간이 혹시 정해져 있는 건가요? 아니면 훈련 시간에만 맞추면 되는 건가요?

정해진 출퇴근 시간은 없고, 팀 훈련 시간에 참여하면 돼요. 영국과 한국이 다른데 첼시에서는 오전 11시에 팀 훈련이 있었어요. 10시 반까지 출근을 하고 10시 45분에 미팅을 하고 11시나 11시 반에 운동을 시작해서 1시에 끝났죠. 나머지는 자유 시간이었어요. 그래서 저는 오후에 피아노를 배우거나 영어 공부를 했어요.

한국에서는 오후에 훈련을 하더라고요. 그래서 제가 감독님께 의견을 냈어요. "오전에 훈련하고 오후에는 선수들이 자기 계발 시간을 갖는 게 좋다. 선수 은퇴를 하고도 뭔가를 할 수 있게끔 시간을 바꾸자." 아침에 출근을 해서 오전에 운동을 마치고 이후로는 개인 시간을 갖게 하는 쪽으로 감독님도 고민을 하고 계세요.

스스로 자신을 통제해야 하는 생활이라는 게 쉽지 않겠네요.(웃음) 중요한 경기를 앞두었을 때 루틴이 있다면요?

저 진짜 가만히 있어요. 다른 선수들은 막 움직이고 스트레칭하고 몸 풀고 하는데, 저는 가만히 집중을 해요, 혼자. 주변에서 "언니는 뭐 아무것도 안 해요?" "몸 좀 풀어야죠" 이러면, "아니야. 나 지금 생각해야 될 것 같아" 하고 제 마음을 추슬러요. 좀 들뜰 수도 있고, 더 오버할 수도 있고, 그러면 경기를 그르칠 수 있기 때문에 침착하게 경기를 임할 수 있게끔 마음의 준비를 하는 거예요. 중요한 경기일수록 노래도 안 듣고, 경기장에 들어가면 어떻게 해야겠다, 이런저런 상황들을 다 생각해놔요.

머릿속으로 오늘의 경기를 시뮬레이션하는군요.

네. 상황별로 어떻게 할지 생각해보고 좋은 결과를 떠올려요. 다들 제가 아무것도 안 하는 줄 아는데 마인드 컨트롤 하면서 긴장감도 좀 낮추고 머릿속으로 경기를 그려보는 거예요.

자기도 모르게 찾아오는 긴장을 덜어내는 연습을 하는 거네요. 그러면 그 전날 밤은요?

기분에 신경을 쓰는 편이에요. 감정 기복이 크지 않은데, 그 기복을 더 없애고 평정심을 유지하려고 노력해요. 평소처럼 동료들과 재밌게 놀고 즐겁게 하루를 보내요.

수면에도 굉장히 신경을 써요. 중요한 건 일찍 자는 거예요. 힘을 다른 데 소비하지 않고 적당하게 보내고 내일 경기에 쓸 에너지를 비축해놓는 것.

승부욕이 굉장히 강한데, 골대 앞이나 결정적인 순간에는 매우 침착하게 그 일들을 해낸단 말이에요. 그렇게 할 수 있는 비결이 혹시 있나요?

신기하게도 골대 앞에 가면은 마음이 가라앉아요. 골대 앞에 가면 항상 연습해왔던 대로, 그려왔던 대로, 되는 것 같아요. 물론 안 될 때도 있지만 골대 앞에서 최대한 침착함을 유지하려고 하는 거죠. 그게 제 장점일 거예요.

그래서 성적을 또 낼 수 있고요. 침착하지 못했던 때는 없군요.

　침착하지 못했던 때도 엄청 많은데, '침착할 때가 더 많았다'
로 해주시죠.(웃음)

징크스도 있나요? 어떤 선수는 오른발부터 경기장에 먼저 들어가
야 하고, 어떤 선수는 운동화 끈을 왼쪽부터 묶는다든가 하는 게 있
다고 하던데요.

　저는 징크스가 없어요. '달걀을 먹으면 알을 먹는다' '국에 밥
말아 먹으면 경기 망친다' 그러는데, 저는 다 정면돌파했어
요. 경기 날 달걀 쏙 먹어버리고, 심지어 국을 엎었는데 오히
려 더 잘한 적도 있고. 징크스라는 걸 만들면 하나부터 열까
지 다 신경 쓰이는 거라, 집중이 흐트러지게 될 것 같아서 다
없애버려요.

상황별로 어떻게 할지 생각해보고
좋은 결과를 떠올려요.
마인드 컨트롤 하면서 긴장감을 낮추고
머릿속으로 경기를 그려보는 거예요.

저는 징크스가 없어요.
징크스라는 걸 만들면
하나부터 열까지 다 신경 쓰이는 거라,
집중이 흐트러지게 될 것 같아서
다 없애버려요.

몸 관리

이지은 ▶ 현재 컨디션은 어떤지 궁금해요. 서른이 넘으면서 몸의 변화도 느껴질 것 같아요.

지소연 ▶ 변화를 느끼고 있어요. 20대 때는 회복이 더 빨랐어요. 경기를 하고 이틀 뒤에 또 뛰어도 거뜬했는데 지금은 한 경기 하면 3일은 지나야 회복이 되는 것 같아요. 그래서 요즘은 회복하는 데 더 집중해요. 경기 뛰고 나면 잘 먹고요. 어릴 때는 안 먹어도 뛰었는데 지금은 확실하게 느껴져요.

한 번은 제가 힘들어하고 있는데, 2000년생인 추효주 선수가 너무나 말짱한 거예요. 안 힘드냐고 물어보니 자기는 안 힘들다고 하더라고요. 그런 회복력을 좀 뺏어오고 싶어요. 그 회복력만 뺏어온다면 마흔 살까지 뛸 수 있을 거 같아요.(웃음)

자신의 몸에서 가장 마음에 드는 근육은요?

종아리요. 근육이 다른 선수들보다 적은 편인데 종아리 근육은 다른 선수들보다는 좀더 뛰어나요. 종아리 근육만큼은 1등일걸요. 종아리가 제일 두꺼워요. 근육 쫙 갈라지고 좀 무섭죠. 제 다리를 만져본 후배들은 "언니는 이 종아리로 뛰나보다" 하고 놀라요.

종아리가 힘의 근원이구나.(웃음) 축구 선수들은 발톱이 빠지는 것도 예삿일이라고 하던데요?

혼한 일인데 저는 발톱도 빠진 적이 거의 없어요. 발도 되게 깨끗하고. 그래서 다들 제 발을 보면 "노력한다는 거 다 거짓말이지. 넌 그냥 재능이야 타고난 거야. 발을 봐. 발이 너무 예뻐, 깨끗해"라고 해요. 실제로 다른 선수들에 비해 발이 깨끗한 편이에요. 굳은살도 전혀 없어요. 발톱 빠진 흔적도 없고요.

자신도 신기하죠? 다들 상처투성이의 발을 기대했을 텐데.

좀 놀랍긴 해요. 고생을 진짜 많이 한 발이거든요. 얼마 전에도 마사지 받는데, 강수일 선수가 "야, 소연이 발 뭐야. 왜 이렇게 깨끗해. 노력은 개뚱, 타고난 거야, 역시 재능이야"라고 하기에 진짜 열심히 노력 많이 했고 발이 깨끗한 것뿐이라고 했는데 절대 안 믿어요. "축구 선수 중에 너처럼 그렇게 발 깨끗한 애는 처음 본다" 이러면서.

저 평발이기도 해요. 많이 뛰면 쥐가 오긴 하는데 불편한 건 잘 못 느끼겠어요. 제 생각에 평발이라도 축구가 좋으면 도전해도 될 것 같아요.

또 놀라네요. 보통은 평발이면 오래 뛰지 못한다고 얘기하는데 본인에게는 별일이 아니군요.(웃음)

시차 적응 같은 건 어떻게 하나요? 이전에는 영국과 한국을 자주 오가기도 했고, 다른 국가에서 경기를 치르기 위한 이동도 잦았을

지소연이라는 사람

텐데요.

영국에 가면 자연스럽게 시차가 잘 맞춰지는데 한국에 오면 조금 힘들었어요. 영국에서 비행기 탈 때부터 수면 시간을 체크해요. 한국 시각이 밤이라면 일단 억지로 자요. 잠이 안 와도 자고, 자고 일어나서 그때부터 계속 깨어 있고요. 졸려도 최대한 버텨요.

영국에 도착하면 한국 시각으로는 새벽이에요. 졸려도 참다가 현지 시각으로 오후 9시 반이나 10시에 딱 자요. 새벽 3시쯤 깨기도 하는데, 하루하루 지나면서 4시에 깨고 5시에 깨고 6시에 깨고 그러면서 맞춰졌던 거 같아요. 특별한 적응법은 없고 최대한 안 자고 바뀐 환경과 시차에 맞춰 활동하면서 몸을 피곤하게 만들었던 것 같아요.

수면제를 챙기기도 해요. 자야겠다 하면 한 시간 전에 수면제를 먹고 눈을 붙여요. 그러면 잠이 오거든요. 근데 막상 대회에 가면, 너무 신경이 곤두서니까 수면제도 안 받을 때가 많더라고요. 그래서 빨리 적응하는 수밖에 없겠다 싶어서, 잘 먹고, 수분 섭취도 잘하고, 기본적인 것들을 잘 지키면서 수면제에 의지하지 않고 자려고 해요.

먹는 일

자기 몸 컨디션을 자신이 컨트롤한다는 거 쉽지 않을 것 같은데요.

프로 선수는 비시즌과 시즌으로 시간이 나뉘잖아요. 그런데 현역 선수라면 시즌과 관계없이 관리해야 해요. 먹지 말아야 할 거는 먹지 말고, 자제할 건 자제하고, 지켜야 할 기는 잘 시켜야 하는 거죠. 퍼포먼스와 바로 직결되는 문제라서 365일 계속 관리를 해야 해요. 은퇴까지는.

저는 시즌 끝나면 한 2주 정도는 마음 푹 놓고 먹어요. 그러고 나서 2주 지나면 딱 끊어요. 다시 시즌 준비를 시작하는 거예요. 솔직히 말하면 2주도 다 못 채워요. 원래 컨디션으로 만들려면 힘들 게 보이니까, 선을 안 넘어요.

몸 관리를 위해서 먹지 말아야 할 음식도 있다고 했어요.

탄산음료 같은 거 잘 안 마셨어요. 최근에 조금씩 마시기 시작했는데 다리에 쥐가 좀 나서 밀가루나 탄산음료를 멀리 해야겠다 생각했어요. 몸이 반응하기 때문에 조심해야 할 음식들이 생겨요. 단것도 좀 덜 먹고, 아이스크림처럼 체지방 찌는 것도 멀리하고요. 제가 아이스크림이라면 다 좋아해서 아이스크림이 최대의 적이에요. 커피도 이제야 시작했어요.

카페인이 숙면에 영향을 주지는 않나요?

샷을 하나 빼고 연하게 마시기 시작했는데, 잠도 잘 자고 괜찮은 것 같더라고요.

영국 사람들은 차를 많이 마시잖아요. 차에는 흥미가 없었나요?

차도 잘 마셔요. 하지만 우유는 안 넣어요. 영국은 차에 우유를 넣잖아요. 줄 때마다 제 입에는 안 맞아서 "난 8년 반 동안 시도했지만, 못 먹겠다" 하면 영국 사람들이 웃어요.

운동 편

적정 몸무게도 계속 생각하며 유지하고 있을 것 같아요.

맞아요. 제가 53킬로그램이면 근육이 딱 붙어서 몸이 상당히 좋더라고요. 53킬로그램을 목표로, 체지방 관리하고 근육량을 늘리는 데 중점을 둬요. 30대라서 20대 때보다 근력 운동도 더 많이 해야 해요. 닭가슴살 같은 단백질 섭취 많이 늘리고 있고요. 53킬로그램에서 잘 늘지는 않고, 오히려 빠지면 53킬로그램으로 맞추는 데 신경 쓰고 있어요.

한 경기 뛰면 축구 선수들은 3킬로그램씩도 빠진다고 그러던데요.

경기 전에 몸무게를 재고, 경기 뛰고 나서 다시 재요. 많이 뛰고 나서 2킬로그램쯤 빠진 적이 있어요. 그러면 또 빠르게 채워야지 회복이 되거든요. 만약에 700그램이 빠졌으면 그만큼의 물을 마셔요. 수분을 섭취하고 그다음에 바나나 먹고요. 또 그 자리에서 회복할 수 있는 리커버리 프로틴 같은 거 마셔요. 그러고 나서 식사를 해요. 그렇게 해야 열량, 근육, 근력 등이 바로 채워져요.

먹는 것도 루틴에 포함이 되네요.

체중과 식사량은 벽에 써서 붙여두거나 휴대폰에 항상 적어
둬요. 그래야 경기를 뛰고 난 다음에 어느 정도 빠지는지 평
균적으로 보이거든요. 첼시에 있을 때 배웠는데, 경기 전날은
한 손바닥만큼의 양을 먹어야 한대요. 경기 후에는 양 손바닥
만큼의 양을 먹고요. 먹는 음식은 무지개 색깔을 채워야 해
요. 골고루 섭취하라는 의미죠. 영양은 탄수화물도 좋지만 닭
가슴살 같은 단백질을 주로 먹으라고 배웠어요.

운동할 때는 공복에 하나요?

아침은 꼭 먹어요. 되도록 밥을 먹고, 밥을 못 먹겠으면 삶은
달걀에 요거트처럼 무언가를 꼭 챙겨 먹어야 해요.

그러면 경기 전에 식사하는 시간은 어떻게 되나요? 한두 시간 전
아니면 세 시간 전?

경기가 만약에 오후 7시라면, 오전 9시에 먹고, 오후 1시에
먹고, 그다음에 오후 3시 반에 간식을 먹어요. 그러고 나서 뛰
는 거예요.

늘 궁금했거든요. 제가 축구하러 갈 때 도대체 밥을 먹고 가도 되는
건가. 두 시간 전에 먹고 가면 정말 몸이 무거운 게 느껴지고요.

소화가 안 돼서 그렇죠. 저는 세 시간도 너무 가깝고, 세 시간 반 전에는 가볍게 먹는 거로 끝내요. 그렇지 않으면 경기를 제대로 못 뛰어요. 그래서 세 시간 전에는 무조건 먹는 게 끝나야 해요. 가볍게 파스타나 샌드위치를 먹고 양도 딱 배고픔만 해결할 정도로만 조절해서 먹어요. 먹는 것도 운동하는 것처럼 체계를 만들어서 해야 하는 거죠.

현역 선수라면
시즌과 관계없이 관리해야 해요.
먹지 말아야 할 거는 먹지 말고,
자제할 건 자제하고,
지켜야 할 거는 잘 지켜야 하는 거죠.

먹는 것도 운동하는 것처럼
체계를 만들어서 해야 하는 거죠.

인간관계

이지은 ▶ 지소연의 눈물을 가장 많이 본 사람은 누군가요?

지소연 ▶ 아무래도 혜리 같네요. 초등학교 6학년 때부터 지금까지 축구를 같이 했거든요. 맘속 얘기를 나누는 친구예요.

거의 20년 지기네요. 김혜리 선수에게 자주 하는 말은 뭔가요?

뛰거나 체력 훈련을 할 때 포기를 좀 잘해요. 그래서 포기하지 말라고 끝까지 뛰라고 잔소리를 해요. 그거 말고는 우리 대표팀 주장님, 다른 건 다 잘해요. 뛸 때만큼은 조금 더 뛰라고, "이 악물고 더 뛰자"라고 이야기하죠.

김혜리 선수 자랑을 본격적으로 해본다면.

굉장히 멋진 친구예요. 책임감도 있고, 대표팀 주장이라는 무게를 잘 견디는 친구죠. 주장은 팀을 하나로 뭉치게 잘 이끌어야 해서 후배들도 돌보고 언니들에게도 잘하고, 선수와 코칭스태프 사이도 조율해야 해요. 혜리는 여러 가지 생각하면서 중간 역할을 잘해요.

한 사람 한 사람을 다 잘 챙겨요. 저는 제 할 일만 하거든요. 그러다가 이제야 조금씩 혜리를 도와서 후배 선수들을 좀 살펴보고, 이 친구는 어떤 기분이고 무슨 생각을 하는지 들어보기도 하는데, 신경 쓸 게 많아서 아주 어려워요. 또 혜리는 늘

솔선수범을 하고, 운동도 성실하게 해요. 뛸 때 빼고.(웃음) 대한민국 국가대표 주장이니 실력은 말할 것도 없죠.

친구로서 혜리는 저한테 잔소리 많이 해요. 제가 포기하고 싶을 때, 힘들어할 때 엄청 현실적으로 꾸중하는 친구예요. 아주 대놓고 직설적으로 말을 해요. 어렸을 때부터 둘이서 놀면 뭐든 다 재밌었어요. 지금도 그렇고요.

디놓고 말해주는 사이군요. 서로 정말 잘 아는, 꼭 필요한 존재네요. 지금도 축구 외에 시간을 같이 보낸다고요.

휴식기에는 오전에 저희 관리해주시는 트레이너에게 가서 같이 운동하고 점심에 맛있는 거 먹고 혜리 집에서 자고 와요. 혜리의 유일한 단점이 보일러를 잘 안 틀어주는 거예요. 저는 펄펄 끓는 데서 자는 거 좋아하는데 자기는 덥대요.

추울 때는 뜨끈해야 잠이 오기는 하죠. 그러면 마음이 지칠 때에는 어떻게 에너지를 채우나요? 혼자 시간을 보내는지, 누군가를 만나는지.

친구들과 같이 시간을 보내요. 대화도 나누고, 맛있는 거 먹고, 노래방 가서 노래 부르면서 스트레스 풀어요. 영화 보는 것도 좋아하고. 마사지 받으면서 몸 좀 풀어주는 거, 찜질방 가는 것도 좋아해요. 엄마랑 사우나 하고 맛있는 거 먹고, 집에서 뒹굴뒹굴 하면 채워져요. 시즌 중에도 사우나 갔다가 마사지 받고 그다음에 맛있는 거 먹고 쉬면 재충전되는 거죠.

영국에서는 쉴 때 뭘 했나요?

매니저 언니 가족과 같이 살았는데, 언니에게 아들 둘이 있어요. 주로 그 친구들과 놀았어요. 아이들이랑 나가서 놀고 축구하고 총싸움도 하고 거의 같이 육아를 했죠. 영어도 배우고 피아노도 배우러 다닌 적도 있고요.

보이지 않는 곳에서 도움을 주는 분들 얘기도 좀 궁금했어요.

첼시에 있을 때 저를 보살펴준 매니저 언니에 대해 얘기할 수 있을 것 같아요. 에이전트 대표님의 사촌동생이 근처 윔블던에 살고 있었어요. 스케줄 조정 같은 걸 도와주는 매니저 역할을 해줬으면 좋겠다고 대표님이 요청해서 인연이 시작된 거예요. 영국 도착하고 몇 달 뒤부터 한국으로 돌아올 때까지 쭉 미애 언니가 제 매니저로 함께했어요.

미애 언니와 한 집에서 살던 헤어 디자이너였던 썬 언니는 제 머리 스타일도 담당해줬어요. 정말 감사했죠. 교회를 다니면서 목사님 가족분들도 같이 지내기도 했고, 교회에서 만난 친구들이랑 맛있는 거 먹으러 가고, 영어도 배우고 그랬어요. 이분들에게 정말 많이 의지했어요.

그리고 제가 영국에 있을 때 만났던 우리나라 선수들, 청용(이청용) 오빠, 성용(기성용) 오빠, 석영(윤석영)이, 희찬(황희찬)이도 힘이 됐어요. 지성(박지성) 오빠도 빼놓을 수 없고요.

이금민 선수와는 언제부터 알고 지낸 거죠?

어렸을 때부터 알았는데 정말 친해진 건 금민이가 영국 오고 나서 서로 의지하면서. 타지에서 혼자 지내는 거랑 둘이 있는 게 정말 다르니까요. 제가 처음 영국에 왔을 때의 그 어려움도 금민이가 좀 느꼈어야 했는데.(웃음)

제가 한국에 올 때 금민이가 많이 울었어요. 금민이가 영국에 오자마자 좀 챙겨주고 이것저것 조언도 해주고 해서 저에게 의지하고 있었을 텐데……. 하지만 예은이가 같은 팀에 가서 괜찮을 거예요. 금민이가 복이 많죠. 같은 팀에 있으면 서로 의지가 될 거예요.

그러고 보니 경기에 관한 솔직한 피드백을 받는다고 했어요. 이들 중 누구에게 피드백을 받나요? 피드백이라는 건 신뢰를 바탕으로 주고받는 것일 텐데요.

김민우 선수처럼 친한 오빠들이 있는데, 제 경기 봤다고 하면 "나 오늘 어땠어?" 무조건 물어봐요. 보통 솔직하게 얘기를 해주는데, 그러면 제가 "그 정도면 나 축구 그만둬야 될 것 같아. 그만둬야겠네" 하고 좀 약한 소리를 하죠. 그럼 피드백을 준 사람은 "왜 솔직하게 얘기해달라고 해놓고 또 거기까지 가냐고 중간이 없다"고 웃고요. 매번 똑같은 패턴이에요.(웃음)

그런데 이렇게 저를 잘 아는 분들이 주는 피드백은 정말 귀해요. 제가 할 수 없는 부분에 대해 이야기를 하는 게 아니라 제가 할 수 있는 부분인데도 경기 당시 놓쳤던 것이나 다른 선택을 얘기해주니까요.

지금 대표팀이나 수원FC 선수 중에 피드백을 가장 활발하게 주고
받는 동료가 있나요?

대표팀에서는 금민이가 예전에 저에게 많이 당했던 만큼 지
금 되갚고 있어요. 수원FC에서는 권은솜 선수. 일본에서 1년
정도 같은 팀에서 뛰었고, 또 2010년 U-20 월드컵 때도 호흡
을 맞췄던 친구여서요. 지금 제가 와서 좋아하고 있어요. 저
도 같은 팀에서 뛰고 싶었던 선수였는데 만나서 굉장히 기쁘
고요.

축구 선수도 사수라는 게 있을까 생각하던 중 1세대 한국 여자축구
선수들이 궁금해졌어요.

저희 여자축구 1세대 선배님들은 지금 거의 50대쯤 되셨을
거예요. 1세대 여자축구는 1990년에 시작되었는데, 그때는
리그도 없고, 숙소도 없어서 모텔에서 지냈다고 들었어요. 그
분들이 없었다면 지금 저희 여자축구는 아마 존재하지 않았
을 거예요. 선배들이 축구를 위해서 헌신하며 힘든 시간을 보
낸 뒤에 크게 개선된 게 현재 저희가 누리고 있는 걸 테고요.
그분들께는 늘 감사한 마음이에요.

제가 소식을 알고 있는 1세대 선배님들은 이명화 선배님, 김
은숙 감독님, 황인선 감독님이에요. 더 많은 선배님들 소식을
축구계에서 듣고 싶지만요.

저도 은퇴 후를 계획할 때가 되었는데, 혼자 계획하려니 어렵
거든요. 축구만 해왔으니 할 수 있는 게 적잖아요. 공부를 시

작하려고 해도 막막하고요. 그래서 저처럼 이런 고민을 하고 있는 선수들을 선수협 차원에서 도와주려고 준비하고 있어요. 저희 세대가 은퇴했을 때 후배들을 지도할 수 있는 기회가 더 많다면 좋겠죠.

일인자로 달려오는 동안 지치거나 도움이 필요할 때 곁에 있어준 사람은 누구였을까요. 판단하는 데 의견을 참고하거나 의논하는 사람이 있다면요.

평소에 피드백도 많이 받고, 옆에서 조언해주시는 분들은 많아요. 그렇지만 무언가를 결정할 때는 오로지 제가 선택해요. 제가 하고자 하는 것, 가는 길에 있어서 저희 엄마도 항상 제 결정을 존중해주셨어요. 곁에 있는 엄마가 오롯이 저의 결정을 믿어주니까 큰 힘이 되었죠.

저는 여자축구 선수로서 그래도 성공한 선수라고 생각해요. 어렸을 때 빅클럽에서 뛰는 게 꿈이었는데, 그 꿈도 이루었고요. 하고 싶은 걸 하나씩 이뤄가는 결정을 잘해온 것 같아요.

친한 선배로 알려진 박지성 디렉터에게도 앞으로의 선수 생활에 대해 의견을 구한 적이 있나요?

지성 오빠한테는 불만 섞인 말들을 많이 했죠. "왜 남자 선수는 이런 게 되고 여자 선수는 왜 안 돼요" 하고 따져 묻는 식이죠. 그러면 오빠는 "나한테 왜 그래. 내가 여자축구에서 뭘 하는 것도 아닌데"라고 말은 하지만, 사실은 제 이야기를 많이 들어주고 함께 고민해줘요. 영향력 있는 분들이 여자축구에 관심을 두는 게 저에게는 아주 큰 힘이 되고요. 어느 자리에서든 기회가 될 때 한마디라도 더 해주는 지성 오빠에게 고마워요. 지금도 꾸준히 연락하면서 여자축구 얘기를 자주 하고 있어요.

그러면 지금까지 만난 상대 팀 선수나 동료 가운데 가장 무서웠던 선수가 있을까요?

사실 한국에는 없고요.(웃음) 저희 첼시에 밀리 브라이트 선수가 있는데, 체격도 좋고 저를 한 손으로 밀어버리기도 할 만큼 힘도 좋아요. 서로를 너무나 잘 알고 있어서 같이 운동할 때 더 재미있기는 한데 진짜 무서워요. 그 선수랑 뛰면 달려오는 소리가 다 들려요. 얘가 나를 잡으러 오는구나.

직장인들 사이에서는 '어딜 가나 조직에서 안 맞는 사람은 꼭 한 명씩 있고, 이 조직에 이상한 사람이 없다? 그럼 네가 그 사람일 확률이 높다' 이런 얘기를 많이 하거든요. 혹시 팀에서 잘 맞지 않는 사람을 만나본 적이 있을까요? 극복하거나 해소한 경험이 있을까 궁금했어요. 도저히 견딜 수 없는 인간관계 상황에 놓였을 때 어떻게 해소할지 고민중인 사람들에게 방법을 알려준다면요.

다른 사람들을 힘들게 하는 사람 중 하나가 저일 거예요. 친구들이 "지소연이랑 친구로 태어나서 다행이야. 아니었다면 정말 못 살았을 거야"라고 얘기해요. 저는 저랑 잘 안 맞는 사람이 있을 때 거리를 두는 편은 아니에요. 나랑 다른 거지 나쁜 건 아니라고 생각하는 편이고요. 그렇게 거리감 없이 지내는 것 같아요.

사실 이런 문제는 특히 어린 선수들이 경험할 확률이 높을 것 같아요. 종일 운동을 같이 하고 생활도 같이 해야 하는 사람과 문제가 생기면 정말 힘들 거예요.

저는 도저히 견딜 수 없는 사람이 있다면, 피하는 것도 하나의 선택이라고 생각해요. 본인이 하나의 인격체라는 걸 잊지 않고, 너무 참지만 말고 대화하고 행동하는 것도 중요할 거고요. 만약 안에서 해결할 수 없는 문제라면 바깥에 있는 누군가에게 도움을 요청하는 것도 방법일 거예요.

괜한 오해나 미움을 받은 적도 없었나요? 후배들이 지금 무서워하는 것도 오해 아닌가요?

운동하는 동안은 당연히 엄하게 굴어요. 그 외 생활할 때는 운동할 때의 예민함이 사라져서 후배들이랑 같이 잘 놀아요. 한국 생활이나 WK리그에 대해서는 저도 잘 몰라서 많이 배우기도 하고요.

후배 중에 다가오려고 각별히 노력을 하는 선수도 있었을까요?

제가 먼저 다가가려고 노력해요. 저희 수원FC에 권희선 선수라고 있는데 제가 열 마디 해도 대답을 안 해요. 어색하게 웃고만 있어요. 정말 그런 친구 처음 봤어요.(웃음) 이제는 친해

졌지만 그래도 말이 진짜 없어요. 또 다른 친구는 제가 마주 보고 얘기를 하는데, 눈도 안 마주치고 딴 데를 봐요. 그런데 눈은 못 맞추지만 할 말은 또 다 해요.(웃음)

평소에 피드백도 많이 받고,
옆에서 조언해주시는 분들은 많아요.
그렇지만 무언가를 결정할 때는
오로지 제가 선택해요.

사진 제공: 카포풋볼스토어

동시대 여성 선수들

이지은 ▶ 동시대 다른 종목 선수들의 활약을 지켜보면서 동력을 얻기도 할 것 같아요. 특별히 눈여겨보거나 하는 선수가 있을지, 축구 외에 다른 종목에 관심이 있을지 궁금했어요.

지소연 ▶ 2022년 연말에 한 브랜드에서 주최한 행사를 다녀왔어요. 다양한 종목 여자 선수들이 많더라고요. 거기에서 김라경 선수를 만났어요. 최연소 여자야구 국가대표이자 한국 여자 선수 최초로 일본 야구 실업 리그로 진출한 선수예요. 저랑 걷고 있는 길이 비슷하다고 느꼈어요. 그래서 혼자 가는 그 길이 얼마나 힘들지 말하지 않아도 알 수 있었고요. 그런데 김라경 선수가 저를 통해서 큰 용기를 얻었다고 말해주더라고요. 그 얘기 듣고 제가 더 열심히 해야겠다는 생각이 들었어요.

농구의 박지수 선수도 만났는데, 미국 무대로 갔다가 심적으로 힘든 부분이 있어서 다시 돌아왔다고 하더라고요. 제가 영국에서 경험했던 것들을 공유했는데, 기쁘게도 박지수 선수가 제 이야기에 동기 부여가 된다고 해주었어요.

각자 분야는 다르지만 비슷한 처지를 공감할 수 있는 선수들과 대화를 나누니 저한테도 좋은 영향을 주더라고요. 그런 말 한마디 한마디 들을 때마다 엄청 힘이 나요. 제가 있는 이 자리에서 더 최선을 다해야겠다고 생각해요. 저로 인해서 더 많은 선수가 또 도전해보자는 결심을 할 수 있다는 데 굉장한 자부심을 느껴요.

클라이밍 김자인 선수도 정말 멋있었어요. 출산하고도 선수 생활을 이어가는 게 대단하다는 생각이 들어서 어떻게 계속할 수 있었는지 물어보니 "나중에 내 딸에게 자랑스러운 엄마가 되고 싶다"라고 얘기하더라고요. 완전 멋졌어요.

복싱의 최현미 선수도 있었어요. 챔피언만 열 번을 넘게 한 선수예요. 진짜 멋지잖아요. 말을 하는 데도 자신감 넘치고 '이래서 월드 챔피언이 될 수밖에 없구나' 했어요. 과거와 달리 복싱 인기가 줄었잖아요. 그런데도 이에 굴하지 않고 세계 챔피언, 그 힘든 자리를 매번 지킨다는 거 멋지지 않아요? 어떤 마인드인지 궁금하더라고요. 나중에 복싱 한번 배우겠다고 그랬죠. '나중에 최현미 선수 얼굴 한 번 때리는 게 내 목표'라고 농담도 하고요.

챔피언을 때리는 걸 목표로요?(웃음)

엄청나게 맞겠죠. 최현미 선수가 어이가 없었다는 듯이 웃었어요. 나중에 복싱 한번 배워보기로 했어요.

저는 항상 여자축구가 비인기 종목이라고 생각했는데, 현재 여성 종목 중 과연 인기 종목이 몇 가지나 있을까 하는 생각이 들었어요. 저희보다 더 열악한 환경에서도 고군분투하는 선수들도 있으니 더 이상 비인기 종목이라고 핑계를 대지 말아야겠다고 각오를 다졌어요. 그 자리에서 최선을 다하는 다른 선수들의 모습을 보고 '나도 지금까지 해오던 대로 하면 되겠구나' 하는 확신도 들었고요.

좋네요. 제대로 기운을 받은 만남이었네요.

기대보다 더 좋았어요. 저 자신이 약간 창피하기도 하고요. 김자인 선수, 김라경 선수를 보면서 제가 좀 나태하지 않았나 싶어서 부끄럽더라고요.

다른 종목에서도 서로를 지켜보고 있고 영향을 끼치고 있다는 걸 깨달았군요.

네, 서로 연결되어 있다는 게 무척 감동이었어요. 어떤 이야기를 해도 공감도 많이 되고요. 테니스의 이재아 선수, 스케이트보드의 조현주 선수 외에도 수영, 쇼트트랙, 골프 등 분야가 다양하게 많았어요. 영감도 많이 받고 좋은 자리였어요.

여자축구 선수라서, 환경이든 보상이든 운동이나 경기 외의 것들을 이야기해야 하는 상황이 많잖아요. 운동에만 쏟을 수 있는 에너지를 나눠야 하고, 감정 노동 같은 것을 해야 하고, 듣지 않아도 될 말들을 감당하다보면 지치지 않을까 걱정도 되고요.

그럼에도 '내가 해야 한다' '책임을 지고 말해서 바꿔가야 한다' '계속 힘을 쏟겠다'라고 얘기를 하고 있어요. 그 남다른 책임감이나 동력이 어디서 솟는 걸까 궁금해요. 이런 모습이 '월드 클래스'인 걸까요?

우리 선수들이 좀더 나은 환경에서 운동하고 꿈을 키웠으면 하는 바람이 있어요. 실제로 대표팀도 남자팀과 여자팀 차이가 있죠. 저는 어렸을 때부터 이 차이를 경험했고, 그게 당연한 게 아니니 지금이라도 당연히 권리를 주장해야 한다고 생각해요.

문제는 많은 여자 선수가 그런 대우를 의문 없이 받아들이고 커왔기 때문에, 목소리를 내지 못하고 있어요. 무엇보다 대표팀이라는 자리는 국가를 대표해서 남녀가 똑같이 뛰는 거잖아요. 그 노력이, 흘린 땀이 결코 다른 게 아니거든요.

대표팀에서만큼은 남녀 차이를 두지 않았으면 해요. 이 이야기로 또 욕먹을 수 있지만 제가 목소리를 내야 지금 열심히 하고 있는 후배들이, 꿈꾸고 있는 여자아이들이 조금이라도 더 좋은 대우를 받고, 더 나은 환경에서 운동을 할 수 있는 시대가 오는 데 조금이라도 힘이 될 거라고 믿어요.

영국에서 배우고 경험한 게 큰 것 같아요. 영국 여자 선수들은 자기 몫을 위해 목소리를 내는 걸 당연하게 생각하더라고요. 조용히 하라는 대로 해서 이루어지는 거 없다, 당연하게 바뀌는 거 없다, 그렇게 생각하고 행동해요.

저도 욕먹는 게 두렵기도 했는데 이제는 두려움보다는 '힘이 되고 싶다' '바꾸고 싶다' 하는 마음이 더 커요. 당장 저만 누리자고 하는 게 아니니까 더 두려울 게 없어요. 목소리를 내고 바꿀 수 있는 건 바꿔나가야죠. 우리 선수들이 힘을 모아 목소리를 내면 더 큰 영향력을 발휘할 수 있고, 좋은 방향으로 바뀔 수 있다는 걸 보여주고 싶어요. 무리해서 싸우는 게 아니라 얘기를 나누면서 한 걸음씩 나아가면 되지 않을까요.

욕먹는 건 두렵지 않다고 했는데, 백 마디 칭찬 앞에서도 악플 한마디에 무너지는 게 사람이잖아요. 그런 악플은 어떻게 넘기나요?

저희가 2010년 U-20 월드컵 때 4강에서 독일에 5대 1로 졌을 때 '비행기표 값도 아깝다. 수영해서 와라' '어떻게 그렇게 크게 질 수 있느냐' 하는 식의 댓글들이 많이 달렸어요. 아무래도 당시 경기가 부진했어서 선수들이 상처를 많이 받았어요. 그런데 저는 '와, 우리 한국 사람들 진짜 대단하다. 어떻게 이런 참신한 생각을 하지' 하면서 가볍게 웃어넘겼던 것 같아요. 아마 다른 사람의 감정 섞인 말에 그렇게 큰 관심이 없어서 그런가봐요.

그러거나 말거나 나에게는 할 일이 많다.(웃음)

여자 선수라는 편견

유튜브 채널이나 예능에서 자주 여자 국가대표 선수들 모아놓고 남자 축구 동호회, 혹은 다른 종목의 남자 선수들과 실력을 겨루게 합니다. 여자 선수라서 국가대표팀 선수로 보지 않는 건가, 여자 선수

는 남자에게는 안 된다는 편견이 뿌리 깊이 있나, 이런 생각을 하게
되더라고요.

맞는 것 같아요. "여자는 안 돼" 그렇게 말씀하시는 분들은 저
희랑 경기를 한번 뛰어봐야지 깨닫죠. '아, 여자 선수들이 진
짜 이 정도구나' 하고.

편견을 깨러 다니는 거군요.

그런 사람들 볼 때면 제가 한 살이라도 어릴 때 붙어야 한다,
몸 관리를 잘해야겠다고 생각하죠. 저 같은 커리어의 선수도
편견으로 얕잡아보는데, 다른 선수들에게는 얼마나 더 심하
겠어요. 그런 게 매우 안타깝죠. 여자축구 선수라고 하면 '한
판 붙자' 하는데 같이 뛰어봐야 알죠. 저는 직접 뛰어요. 뛰면
서 보여줘요. 남자들 사이에서 실력으로 진지하게 해요.

여자 선수들에게 외모에 대한 얘기를 아무렇지 않게 하기도 해요.

머리가 짧은 선수에게는 길렀으면 좋겠다고 하고, 머리가 긴
선수에게는 외모 신경 쓸 시간에 운동이나 열심히 하라고 하
고. 종목마다 다른 신체적 특징에 대해 콤플렉스가 아닌지 묻
기도 하고요. 머리를 기르고 축구하면 멋지겠다는 얘기를 들
은 적도 있는데, 쇼트커트도 충분히 멋지다고 답했어요. 사실
축구하기도 바빠 죽겠는데, 그런 얘기를 하니 화가 나기도 했
어요.

이번 2023년 호주 뉴질랜드 여자 월드컵을 앞두고 여성 선수 전용 유니폼이 최초로 만들어졌다고 들었어요. 그동안 유니폼이 꽤 불편했겠어요.

아무래도 남성에게 맞춰진 유니폼이라 골반이나 가슴 등 체형에 따라 불편했어요. 전용 유니폼이 나오니 골반이 좀 넓고 길이도 이전보다 짧고 움직이는 데 불편함이 없더라고요. 상체도 넉넉하고 더 가볍기도 하고요. 또 생리할 때 절대 새지 않는 소재로 만들어주니 경기를 뛰어도 안심할 수 있어요. 대표팀 하면서 여자 선수를 위한 유니폼이 생긴 게 최초예요. 여성 스포츠에 세계적인 브랜드가 앞장서서 관심 쏟고 지원을 하는 게 고마워요.

제가 목소리를 내야
지금 열심히 하고 있는 후배들이,
꿈꾸고 있는 여자아이들이
조금이라도 더 좋은 대우를 받고,

더 나은 환경에서
운동을 할 수 있는 시대가 오는 데
조금이라도 힘이 될 거라고 믿어요.

축구라는 게임

해보기 전에는 미처 몰랐다. 팀 스포츠라는 건 함께여서 얻는 게 많다는 걸. 지소연은 자신에게 집중하는 시간보다 팀이라는 단위로 자기 세계를 확장해서 생각하는 게 매우 자연스럽다. 축구를 하면서 동료들과 주고받는 기운을 좋아한다. 동료를 믿고 따라가다보면 없던 힘도 솟아나고, 그런 걸 느낄 때마다 기분이 좋다고.

축구 한 경기 안에는 그라운드에서 뛰는 스물두 명의 선수가 만드는 한 편의 드라마가 펼쳐진다. 무조건 승부를 가르는 경기 한 판에 웃음도 눈물도 아픔도 감동도 모두 들어 있다. 그날 그 순간뿐인 이야기에 빠지면 답이 없다고, 지소연은 말한다. 그래서 여전히 축구가 좋다고, 말하는 지소연이 너무나 행복해 보인다.

더불어 프로 선수라면 타고난 재능이 있어야겠지만, 거기서 멈추면 안 된다고 힘주어 말한다. 재능이 바탕에 있되 꾸준한 노력만이 선수를 발전시킨다고, 재능에 노력이 더해질 때 절대 이길 수 없는 사람이 된다고 말하는 지소연의 눈빛은 더욱 강렬했다.

팀 스포츠의 매력

이지은 ▶ 팀에서 '손발이 맞는다' 하는 건 어느 정도 시간이 지나야 할까요? '눈빛만 봐도 안다' 느끼는 순간이 있나요?

지소연 ▶ 볼을 진짜 잘 차는 선수들, 제가 추구하는 축구와 같은 축구를 하는 선수들과 볼을 찼을 때는 그리 오랜 시간이 필요하지 않아요. 경기장에 딱 들어가면 알아요. 볼을 차는 자세만 봐도 이 선수가 어떤 생각을 하는지 알아요.

하지만 다른 가치관을 가진 선수와 축구를 하게 되면 조금 힘들어요. 이 선수는 이렇게 하고 싶은데, 나는 다르게 하고 싶어. 그럼 각자의 축구를 할 수밖에 없어요. 경기장 안에서 그럴 수 없잖아요. 어떤 축구를 할 것인가, 동료와 어떻게 맞춰 가느냐 그게 제일 크지 않을까 싶어요.

첼시에서는 어떤 축구를 원하는지 감독님과 미팅을 하면서 듣고, 선수들끼리 '이런 축구를 하고 싶다' 대화를 하면서 맞추었어요. 오랜 시간은 걸리지 않았고 눈빛만 봐도 알았던 것 같아요. 왜냐하면 워낙 좋은 선수들이 모여 있으니. 수원FC에 와서도 좋은 선수들과 만나니 적응을 굉장히 빨리했어요.

첼시에서의 역할과 수원FC에서의 역할에 변화가 있었을까요? 운동할 때는 엄한 선배라고 스스로 얘기하기도 하는데, 팀에서 어떤 역할을 맡고 있나요?

159

WK리그에서도 그렇고 수원FC에서도 그렇고 여기에서는 제가 신인이에요. 신인의 자세로 동료들에게 먼저 다가가서 여러 가지 배우는 부분이 있어요. 동료들도 저에게 좋은 지점이 있다면 그 부분만 쏙쏙 가져가길 바라는 마음이에요.

축구를 먼저 시작한 선배로서 후배들에게 좋은 영향력을 끼치고 싶어요. 그러기 위해서 운동장에서는 엄격해져야 한다고 생각하고요. 저희 선수들이 소수 인원이지만 재능이 있는 선수가 많아요. 좋은 재능을 가진 친구들을 어떻게 잘 끌어줄까 고민하게 되고, 제가 없어도 잘 갈 수 있는 방향으로 이끌기 위해 생각을 많이 하게 돼요. 저에게 주어진 마지막 숙제예요. 제가 없을 때 우리 한국 여자축구 선수들이 어떻게 나아갈지 지금 부지런히 고민 중이에요.

아직 현역 선수니까 자신의 기록에 있어 좀더 성과를 내고 성취하고 싶은 부분이 분명히 있을 텐데도 후배들이 더 많이 신경 쓰이는 거죠?

제 기록은 더 이상 신경을 안 써요. A매치도 100경기를 넘겼고, 차범근 감독님의 득점 기록도 넘겼기 때문에 지금은 후배들이 더 좋은 선수가 되도록 돕는 걸 제가 해야 할 일이라고 생각하고 있어요.

여자축구에서 최고 좋은 팀에 있었던 저를 보면서 꿈을 가지길 바라요. 후배들에게 제가 걸어온 길이 기회로 보이면 좋겠고요.

제가 어렸을 때는 일본을 거쳐 영국으로 진출했지만 지금은 일본을 안 거쳐도 바로 영국으로 갈 수 있는 기회가 있죠. 저희 세대가 이미 영국 무대에서 한국 여자축구 선수의 가능성을 증명했으니까요. 어린 선수들이 그 기회를 빨리 잡아서 저보다 더 빠르게 진출할 수 있으면 좋겠고, 그 길을 가는 데 제가 도움이 된다면 더 좋겠어요.

지금과 달리, 제가 어렸을 때는 모든 걸 처음부터 혼자 해나가야 했고 그 힘듦을 오롯이 감당했거든요. 후배들이 이런 경험을 먼저 한 선배들을 열심히 활용해서 덜 막막해했으면 좋겠어요.

그럼요. 먼저 걸어간 사람이 있어 어떻게 해야 하는지 따라야 할 길이 보이니까, 후배들은 목표를 더 명확히 할 수 있죠. 현 소속팀 선수들은 첼시에서의 경험 같은 것들 얘기해주면 어떤 말들을 하나요?

우아, 우아 하고 감탄하죠. 그러고 있을 때가 아닌데. 항상 후배들한테 "외국으로 나가야만 좋은 선수가 되는 건 아니다. WK리그에서도 분명히 좋은 선수가 될 수 있다. 이곳에서도 충분히 세계적인 선수가 될 수 있다. 나 또한 한국에서 태어났고, 한국에서 성인이 될 때까지 계속 선수 생활을 해왔기 때문에 잘 안다"라고 이야기해요.

축구 선수로서 이루려는 목표가 있어서 외국으로 나가는 것도 중요하지만 한 사람으로서도 외국으로 나가면 시야가 넓어지는 경험을 할 수 있잖아요. 제가 나갔을 때 정말 많은 걸 보고 경험을 했기 때문에, 후배들이 그런 걸 봤으면 좋겠고, 느꼈으면 좋겠다는 마음이 커서, 나갈 기회만 있으면 나가서 도전하고 싸우라고 독려해요. 선수로서뿐 아니라 정말 사람으로서 한 단계 더 성숙해질 수 있으니까. 축구뿐만 아니라 인생을 사는 데도.

그럼에도 두려움이 큰가봐요. 혼자 살아야 하고, 언어도 벽이 되고, 날씨 하나에도 영향을 많이 받는 게 축구라서. 그래도 갈 수 있는 친구들은 본인도 알리고 한국도 알리고 그래야만 하는데 아직 안 나가고 있는 선수들이 있어요. 제 이야기를 못 들은 척하고요.(웃음) 이제 누군가는 저와 배턴 터치를 해야 하는데, 선뜻 나서는 사람이 없네요.

이타적인 플레이를 잘한다는 평가를 봤어요. 팀 승리를 위해서 자기 욕심을 내려놓고 절제하는 부분이 있는지, 또 팀을 두루 보는 넓은 시야는 언제 생기는 건지도 궁금했어요.

2006년에 제가 A매치 데뷔를 하고, 2010년 U-20 월드컵을 치른 뒤에, 경기만 하면 골을 넣어야 된다는 압박감, 부담감이 꽤 컸어요. 그런 부담감을 안고 경기를 하다보니까 퍼포먼스도 자연스럽게 떨어졌고요. 주위가 안 보이기 시작했어요. 원래 이타적인 선수였던 제가 기록을 내기 위해서 신경을 쓰니까 잘하던 것도 안 되는 그런 시기가 오더라고요.

그 당시에 감독님이 "부담감 내려놓고 좀 편하게 네가 하고 싶은 축구 해라" 하고 말씀해주셨어요. 그런 말 하나하나가 저에게 큰 힘이 됐죠. 그 말씀대로 기록이고 결과고 다 내려놓고, 팀의 구성원으로 제가 재미있어 하는 축구를 하니까 지금 이 자리까지 왔어요.

저는 직접 골을 넣는 것도 좋아하지만 골을 만들어주는 것도 좋아하는 편이거든요. 이렇게 줬을 때 저 친구가 이렇게 넣겠지, 제 머릿속에서 그린 그림대로 골이 들어갈 때마다 큰 희열을 맛보죠. 그게 재미있어요.

그렇게 다 만들어줬는데 못 넣으면?

못 넣으면 이제 욕먹는 거죠.(웃음) 후배들은 제가 볼을 줄 때 긴장을 많이 하는 편이에요. 패스를 줬을 때 실수하거나 골을 못 넣거나 하면 제가 경기 끝나고 라커룸을 들어가면서부터 "너 왜 그때 그렇게 했어" 하고 얘기하다가 또 다른 친구 보이면 그 친구한테 얘기하느라 바쁘거든요.

"너희들도 나한테 원하는 거 있으면 얘기해라" 그러면 아니라고 해요. 자기들이 한마디 하면 열 마디 받을까봐 무서워서 못 하겠다고. 이 친구들은 제가 집중력이 최고조로 올라왔을 때 굉장히 긴장해요.

경기 직후 피드백이 팀에게는 매우 도움이 될 것 같아요.

선배로서 팀을 이끌어가려면 제가 약해지면 안 되겠죠. 저의 등번호만 봐도 이름만 봐도 다른 선수들이 힘을 받는 그런 선수가 되고 싶어요. 그런 선수가 되어야 하고요.

우리 대표팀 선수들은 친선 경기나 대회에 나가서 프랑스나 브라질 선수들을 상대해야 할 때면 겁먹었어요. 상대 선수들이 진짜 잘한다고 이미 지고 들어갔던 거죠. 그런 것부터 저는 마음에 안 들거든요. 충분히 우리는 잘 싸울 수 있고 잘할 수 있는데 경기 전부터 그러는 건 안타깝잖아요. 그래서 제가 분위기를 다잡기 위해 엄하게 하는 서배였는데 지금은 많이 유해졌어요.

그렇게 된 계기가 있을까요?

이전에 금민이 같은 경우 본인 실력만큼 못하면 경기 도중에도 나가라고 소리쳤어요. 금민이 A매치 첫 경기였는데 긴장도 되고 떨릴 거 아니에요. 그런데도 "그런 식으로 경기할 거면 나가"라고 그랬죠. 나중에 금민이가 "소연 언니가 그렇게 했을 때 내가 포기했더라면 이 자리에 없었을 거다"라고 얘기하는데, 진짜 고마웠어요. 영국에서 지금 잘 해내고 있고, 대표팀에서도 아주 든든해요.

그런데 이제는 같이 뛰는 선수들이 저와 나이 차이가 꽤 나요. 조금만 뭐라고 하면 울어요. 전에는 그런 모습을 보면 더 강하게 말하기도 했는데 요즘은 마음이 좀 아프더라고요. 이 친구들 울려야 될 때도 있고 격려와 칭찬을 하면서 해야 할 때도 있다는 걸 알게 됐어요. 대표팀 후배들은 저한테 "언니 아까 골 넣었어야 하는 거 아니에요? 아니면 나 주든가" 하고 얘기를 해요. 저도 인정할 건 빠르게 인정을 하고 있어요.

라커룸 이야기가 나와서, 전반전 뛰고 후반전 시작하기 전인 하프
타임에 선수들은 뭐 하나요?

대표팀의 경우 경기가 화가 날 정도로 안 풀렸을 때는 제가
먼저 들어가서 소리쳐요. 감독님이 들어오셔서 말씀하시기
전에 "너네 뭐 하는 거냐. 이렇게 뛰는 거 창피하지 않냐. 이
게 나라를 대표하는 선수들의 자세냐"로 시작해서 엄청 뭐라
고 해요. 정신을 똑바로 차리고 제대로 집중하도록 몰아붙이
는 편이에요.

반면에 저희가 정말 열심히 하고 있는데도 상대가 압도적으
로 잘할 때는 격려를 해요. "우리 충분히 잘하고 있다. 끝까지
포기하지 말고 더 해보자" 하고. 전반 경기력에 따라 저의 피
드백도 달라져요.

첼시에서 동료들과 소통할 때 "이런 축구를 하고 싶다"라는 얘기를
평소에 많이 하면서 맞춰갔다고 했어요. 그런 대화는 수시로 이루
어지는 건가요?

맞아요. 그냥 밥 먹다가도 "뻥 차고 달리는 축구 말고, 빌드업
잘하고, 패스 잘하고, 멋지게 만들어가는 그런 축구를 하고
싶다"라고 얘기를 하죠. 산책하다가도 얘기하고, 축구 얘기를
계속해요.

축구 가치관이 제일 달랐던 사람하고 대화를 하면서 서로 원하는 방향으로 맞춰간 경험도 있을까요?

밀리 브라이트라고, 첼시에서 저랑 6년 반쯤 같이 있던 선수가 있어요. 그 선수가 처음에는 볼만 잡으면 뻥뻥 찼어요, 멀리. 그래서 "제발 멀리 차지 말고 패스해라" 하는 이 얘기를 제가 계속 했어요. 그랬더니 빌드업 실력이 는 거예요.

밀리한테 "뻥 차지 말고, 줄 데 없으면 날 찾아라. 아니면 주위에 선수들을 이용해라" 하고 이야기하면서 "너는 킥이 아니어도 빌드업 충분히 할 수 있다"라고 자신감도 심어주고. "네가 잘하는 거 말고 네가 부족한 부분들을 채워보자. 우리는 앞으로 이런 축구를 해야 하는데, 그래야 네가 이 자리를 지키지 않겠나" 하는 얘기를 하기도 했죠. 원래는 2부 리그에 있던 선수였거든요. 지금 잉글랜드 국가대표예요. 첼시에서 부주장으로, 베스트로 계속 뛰고 있고. 제가 하는 얘기를 잘 들어주고 맞춰주려고 노력해줘서 고마웠어요.

주체적으로 그림을 그리고 그에 맞춰 선수들과 소통하는군요.

제 위치가 팀의 허리에 있다보니까 저를 거쳐서 가는 공들이 많아서 선수들한테 어떻게 해줬으면 좋겠다는 제안을 많이 하는 편이에요. 가운데에서 공을 뿌리기 때문에 팀이 승리하기 위해서는 제 선택이 중요하고 제가 잘 그려야 하는 거죠.

혹시 설득이 안 된 사람도 있었어요? 서로 고집을 부리다가?

설득이 안 된 선수는 없었지만 훈련이나 경기 중에 다투긴 해요. 프랜 커비 선수는 공격수이니 직감적으로 판단하는 타이밍이 있을 거예요. 그래서 "나 이렇게 빠지는데 빨리 줘라" 하고 화를 내요. 하지만 저도 "내가 볼을 잡았으니까 내가 판단한다. 그만해라"라고 하는 거죠. 제가 그 친구만 볼 수 없는 거잖아요. 다른 선수들 움직임도 보면서 최선의 결정을 해야 하는 거니까. 잘 맞으면서도 한국 올 때까지 계속 부딪쳤던 친구예요.

프랜 커비 선수도 어쨌든 욕심이 있으니까 화를 내고 부딪친 거죠. 승부욕이 강한 친구예요. 욕심으로 인해 이기적으로 굴어서 팀에 나쁜 영향을 끼치면 안 되겠지만 스트라이커라면 확실히 그런 면도 있어야 해요.

경기장에서 호흡이 가장 잘 맞는 선수를 뽑는다면요?

첼시에서는 애니올라 알루코 선수, 프랜 커비 선수도 있었고요. 대표팀에서는 누구랑 잘 맞는다고 해야 하나. 잘 맞는 애들은 없어요.(웃음) 농담이고요, 채림(강채림)이, 유리(최유리), 민아(이민아), 영주, 금민이가 잘 맞아요. 수원FC에서는 전반적으로 제가 좋아하는 플레이 스타일로 경기를 하고 있어서 두루두루 잘 맞고, 서로 맞춰가는 중이고요.

경기장에서 치열하게 싸우고 설득하느라 힘들 법도 한데, 동료들이야기할 때는 표정이 밝아져요. 이게 팀 스포츠의 매력일까요? 축구의 매력은 무엇이라고 생각하나요?

축구는 누군가 앞에서 끌어주는 사람이 있으면 제가 끌려가기도 하고, 때로는 제가 끌어주기도 하면서 서로 영향을 받는 게 큰 것 같아요. 그라운드에서 너무 힘들어서 포기하고 싶을 때 제 동료가 죽어라 뛰는 모습을 보면 안 뛸 수가 없어요. 개인 종목이라면 알 수 없었을 매력이에요.

열한 명이 한 팀이지만, 경기장에 들어선 선수 열 명이 컨디션이 좋고 한 명이 나쁠 때 있고, 일곱 명이 좋은데 네 명이 나쁠 때도 있고 그래요. 여덟 명이 좋고 세 명이 좋지 않아도, 그 여덟 명 때문에 힘이 나서 나머지 세 명도 같이 갈 수 있는 힘. 그런 힘을 뭐라고 표현할지 모르겠지만, 그걸 느낄 때마다 좋아요. 열한 명이 모두 컨디션이 제일 좋은 날에는 다 느껴져요. 열한 명이 하나로 뭉쳤을 때, 그때의 경기력과 성과는 진짜 끝내주죠.

무엇보다 축구는 경기장 안에서 공 하나를 두고, 양 팀을 합쳐 스물두 명이 우르르 뛰어다니잖아요. 그들 모두 자기만의 동기와 목표, 스토리가 있어요. 승부를 가르는 한 경기에 역사가 담겨 있을 때도 있고요. 그 이야기를 알게 되면 빠져나올 수가 없어요.

'축구 지능'이란 말이 있죠. 공격 포인트를 직접적으로 올리지 않아도 경기장에 없으면 경기의 질이 확 차이 나는 걸 느끼게 하는 선수들이 있더라고요. 그래서 '축구 지능'이 높다는 건 단순히 기술이 좋은 게 아니라 경기 전반을 운영하는 시야가 좋은 것이라고도 하고요. 지소연 선수도 축구 지능이 높은 선수를 이야기할 때 꼽히는데, 그런 시야를 어떻게 가질 수 있는지 궁금해요.

그렇게 말씀을 해주시니 감사한데 저도 이 능력을 어떻게 키웠는지 잘 모르겠어요. 언제 생겼는지도 모르게 어렸을 때부터 그랬어요.

아마도 제가 섀도 스트라이커° 아니면 공격형 미드필더로서 가운데에서 플레이를 하니까 양옆, 앞뒤 선수들과 간격도 조정하고 상대 팀도 잡아야 하는 상황이잖아요. 그래서 좀더 경기 상황을 빠르게 읽고 어떻게 하면 우리 팀 선수들에게 더 편하고 좋게 찬스를 만들어줄 수 있을까 고민을 하고, 공부하다 보니까 보이는 것 같아요.

분실된 게 있어서 얼마 없기는 한데, 훈련이나 경기를 다시 돌아보려고 축구 일지도 썼고요. 좋아하는 선수들의 플레이

° 최전방 공격수가 득점할 수 있게 미드필더와 상대편 수비진 사이에서 활동하며 찬스를 만들어주는 역할을 한다. 직접 골을 넣기도 하며 연계 능력이 좋다.

도 열심히 봤어요. 상황마다 어떻게 하는지 안드레스 이니에
스타 선수나 사비 에르난데스 선수 경기를 여러 번 돌려보기
도 했고요.

경기장에 들어갔을 때 긴장감과 압박감으로 몸이 얼어버리는 경우
가 좀 있잖아요. 몸을 빨리 푸는 방법이 있나요?
  첫 터치를 되도록 이른 시간 안에 하려고 해요. 첫 터치기 좋
  으면 자연스럽게 신장도 풀려요. 제가 게임에 관여를 못 하고
  있다는 생각이 들면 더 긴장되니까 빠르게 한 번 터치하고 긴
  장을 풀어요.

경기장 안에서 집중력을 키우고 싶은 선수들, 어린 선수들한테는
어떤 조언을 해줄 수 있을까요? 노하우가 있다면?
  그런데 경기에 들어가서 다른 생각을 어떻게 할 수 있을까
  요? 저는 잘 모르겠어요.

이건 마치 '수업 때 딴생각할 수 있어?' 하는…….(웃음)
  저랑 운동하면서 제 잔소리를 듣다보면 집중을 안 할 수가 없
  어서 노하우를 저절로 알게 될 텐데.(웃음) 농담이고요, 저는
  축구에서 집중력이라는 건 자기 플레이만 신경 쓰는 게 아니
  라 경기 전체에 몰입하는 일이라고 생각해요. 그래서 집중하
  기 어려운 상황에 있다면 뛰지 않는 것도 방법이겠죠. 잘못하
  면 자신뿐 아니라 다른 사람이 다칠 수도 있으니까요. 그런데

뛰어야 한다고 하면 팀 동료를 보는 것도 방법이에요.

제가 일본에 있을 때 느꼈던 건데, 사와 호마레 선수는 이미 최고의 위치에 있음에도 불구하고 정말 전력을 다해서 훈련과 경기를 했어요. 그 선수를 보면서 '저렇게 훌륭한 선수도 열심히 하면서 저 위치에 있는데 내가 뭐라고 안 하겠어' 하는 생각이 들면서 동기 부여가 됐거든요.

집중해서 최선을 다해도 실력 차이가 있을 수 있고, 실수가 나올 수 있어요. 그런데 집중하지 않는다면, 시야가 좁아질 거고 동료와 상대 선수 움직임이 잘 안 보일 거예요. 상대 선수가 모를 수 없죠. 결국 실수가 나올 거고 동료가 그 짐을 함께 져야 할 거고, 팀이 지는 데 일조할 거예요. 그런데 집중하지 않을 수 있을까요?

직장에서 일하면서 보이는 것과 비슷하네요. 자기 일만 하느라 시야가 좁아지는 사람들이 있어요. 옆에서 동료들이 뭘 하는지 절대 안 보는 거예요. 그래서 배움이 없고 일을 수행하는 능력이 늘지 않는 사람들이 있거든요. 그게 보통은 타인과 상관이 없다고 생각해서 그런 거 같더라고요.

거기서 차이가 나는 것 같아요. 그걸 볼 줄 아는 사람과 아닌 사람.

스스로 배울 기회를 찾는 사람들은 조금씩 더 느는 거죠. 경기 중 집중력을 키우고 싶다면 주변에 잘하는 사람들을 좀 봐라, 그 사람들이 하는 걸 보면 내가 뛰는 게 달라질 것이다. 이렇게 정리가 되겠네요.

대화의 힘

'내가 하는 일이 이런 것이다'라고 맡은 포지션에 대해 설명한다면요?

저는 미드필더이고, 우리 팀 공격수들이 골을 넣을 수 있게끔 찬스를 만들어주는 역할을 하고 있고요. 빌드업할 때 '팀의 허리'라고 할 수 있는 위치에서 중심을 잡아줘요. 만약에 찬스가 나는데 골을 못 넣는 상황이라면 제가 올라가서 해결할 때도 있어요. 빌드업할 때는 쌔도 스트라이커보다 더 아래로 내려와서 좀더 관여를 하는 편이에요.

그 자리가 몸싸움도 많이 하는 자리죠?

네, 맞아요. 제가 체구는 작지만 몸싸움을 하는 편이에요. 잘 모르는 분들은 몸싸움을 힘으로만 한다고 생각하는데, 사실 몸싸움도 여러 요령이 있어요. 저를 비롯한 많은 선수들이 상대의 밸런스를 이용하는데, 상대가 오면 몸으로만 막는 게 아니라 손을 써서 상대의 밸런스가 무너뜨리는 거죠. 제가 다른 선수들보다 손을 좀 잘 쓰는 편이에요. 어디를 밀면 상대가 흔들릴지 눈으로 보면서 꾸준히 익혔어요.

미드필더는 경우에 따라 공격적으로 움직이기도 하고 수비적으로 움직이기도 하면서 흐름에 따라 역할 전환이 잦잖아요. 그때마다 느끼는 카타르시스가 있을 것 같은데요.

수비적으로 뛸 때는 더 깔끔하고 안전하게 볼을 처리하려고 하죠. 터치도 간결하게 하고, 제 발에서 최대한 빠르게 볼을 뿌리면서 그 역할을 잘 수행하려고 해요.

공격적으로 뛸 때는 좀더 저돌적으로 빠르게 치고 들어갈 때가 있고요. 드리블해서 제칠 때도 있고. 그렇게 상황마다 다르게 플레이해요.

수비할 때 맨 마킹*을 하잖아요. 초보들은 뒤에서만 졸졸 쫓아다니는 술래잡기 같은 수비를 주로 하는데요. 술래잡기가 안 되기 위해서 수비할 때 중요한 건 뭐가 있을까요?

수비할 때 제일 중요한 게 커뮤니케이션이에요. 팀 안에서의 대화. 축구는 팀 스포츠이기 때문에 맨투맨을 한다고 해서 한 사람만 졸졸 따라다니면 공간을 내줄 수 있어요. 상대 팀 선수도 다른 사람에게 공간을 만들어주기 위해서 움직이는 거니까요. 그렇게 제가 따라가면 우리 팀 다른 선수가 그 공간을 채워줘야 해요. 그런 상황에서 "따라가지 마"라고 말해

● 상대 팀 선수 한 명을 맡아서 일대일로 공격을 막아내는 것이다.

주면 그 사람은 그곳을 지키고, 다른 곳에 있던 사람이 상대 팀을 방어할 수 있어요. 그러니까 맨투맨이라고 해서 딱딱 한 사람씩 분배해서 막는 게 아니기도 하고, 실제로는 맨투맨보 다 협력해서 공간을 내주지 않는 지역방어가 함께 요구되니 까 최대한 서로에게 많이 얘기해야 해요.

정말 운동장에서 목소리가 나오기까지 되게 오래 걸리는 것 같아 요. 제가 패스하려고 할 때 우리 팀 선수랑 눈이 마주치면 그 선수 에게 주는데 못 받는 경우도 생기고. 눈빛이 통했다고 생각했는데 아니었던 때도 많고요.

말보다 정확한 게 없죠. 이름을 부르고 말하는 것. 우리 선수 들은 경기장에서 말이 별로 없어요.

경기 중에 '콜'만 열심히 해도 경기력이 더 좋아질 수 있어요. 그래서 말을 많이 하라고, 소리치는 거 부끄러워하지 말라고 계속 강조해요. 특히 뒤에 있는 선수들에게 더 요구해요. 왜 냐하면 뒤에서는 선수가 어떻게 뛰어가는지 다 보이니까 그 들이 조정을 많이 해야 하거든요. 제가 못 봤을 때, 상대가 제 등 뒤로 돌아가면 "왼쪽으로 간다" "오른쪽으로 간다" "뒤 봐 라" 하고 얘기를 안 해주면 모르고 놓치잖아요. 그런 상황을 전달해야 하는데, 왼쪽으로 가든, 제가 눈앞에 있는 선수를 따라가서 뒤돌아가는 선수를 놓치든, 그냥 내버려두는 경우 가 있어요. 그러다 골을 먹기도 하거든요.

일본에 있었을 때 함께 뛰었던 선수들은 진짜 목이 괜찮을까 싶을 정도로 말하고 소리치더라고요. 그래서 이 친구들이 잘 하는 이유가 말로 도와주는 게 정말 크다고 느꼈어요. 첼시에서도 정말 말을 많이 하거든요. '어디를 가나 축구의 기본은 소통이구나' 하고 느꼈어요.

우리는 프로이고, 팀으로 움직이잖아요. 동료를 돕는 데 있어서 내성적인 성격이라 경기장에서 말을 못 하겠다는 변명은 안 돼요. 일상에서처럼 이야기하는데 더 적극적으로 한다, 더 큰 목소리로 한다고 생각했으면 좋겠어요. 그러면 더 좋은 경기를 할 수 있고 경기를 마치고 느끼는 감정도 달라질 거예요.

팀 스포츠니까, 팀 안에서 각자 역할에 따라 움직이고 있는데, 거기서 소통이 잘 이루어져야 실력도 올라가겠군요. 몸으로 하는 일이어서, 각자 자신의 위치에서 열심히 뛰면 되겠지 하고 일차적으로 끝날 수도 있는데, 그거와 더불어서 서로 소통하기가 매우 중요하고요.

맞아요. 더 디테일하게 들어가야지요. 골키퍼가 제일 많이 소리치는 이유가, 골키퍼는 뒤에서 다 보이잖아요. 그렇기 때문에 말을 해줄 수 있는 거예요.

그러면 경기 복기는 어떻게 하나요?

경기가 끝나면 영상을 편집해서 상황별로 하나씩 봐요. 안 좋았던 부분들은 선수들과 같이 보면서 이 상황일 때는 포지션

별로 어떻게 하는 게 나았을지 이야기를 나누며 미팅을 해요. 좋았던 부분들도 찾아보고요.

경기하고, 비디오 분석하고, 미팅하고, 그다음에 운동장에서 다시 수정하고 보완하는 훈련을 하는 순서로 진행해요. 같은 실수를 반복하면 그게 팀의 약점이 되니까 그렇게 되지 않도록 하는 거죠.

그렇다면 다음 경기 준비는 어떻게 하세요?

경기가 잡히면 상대 팀이 한 지난 경기 영상을 봐요. 그러고 나서 제 맨투(맨투맨) 선수의 플레이 영상을 잘라서 장점과 단점을 파악하고요. 저 선수를 어떻게 공략하고 수비할 것인지에 대한 전략을 경기 뛰기 전까지 준비하죠. 혼자 막는 게 아니라 같이 막을 수도 있으니까 동료 선수랑 어떤 상황에 협력을 할 것인지 얘기를 하고요. 영상은 비디오 분석관님이 있어서 저희는 그냥 보기만 하면 돼요. 편하죠.

훈련은 플랜을 짜서 하는데, 예를 들어 일요일에 경기라고 하면, 월요일은 회복 훈련, 화요일은 휴식, 수요일은 수비 전술 훈련, 목요일은 공격 전술 훈련, 금요일은 자체 게임, 토요일은 세트피스 훈련을 해요.

이번에는 '흐름'에 대해서 얘기해볼게요. 축구는 경기 흐름이라는 게 되게 명확하잖아요. 흐름을 누가 가져가느냐에 따라 기세가 달라지는데, 그 안에서 뛰는 선수로서 그 흐름이라는 건 누가 만드는 걸까요?

앞서 말씀드린 것처럼 저희가 뛰면서 만들지만 때로는 팬분들의 응원 소리 덕분에 흐름이 바뀌기도 해요. 그래서 홈 어드밴티지라는 게 있잖아요. 이동하지 않고 익숙한 곳에서 경기하기 때문이기도 하지만, 팬들의 응원이 상대방의 기세를 꺾는 데 큰 역할을 해요. 상대에게 흐름을 빼앗긴 상황에서도 쉽게 좌절하지 않고 우리 흐름으로 다시 가져올 힘이 나게 하기도 하고요.

경기에서 이길 때의 기분은 어때요?

이길 때 기분은 좋죠. 그런데 저는 이겨도 좋은 경기력으로 이겨야 해서, 이겼지만 경기력이 좋지 않았으면 기분이 별로예요. 우리 팀이 준비했던 내용이 제대로 실행되었나, 내가 구체적으로 상상했던 상황들이 실제로 가능했나, 경기를 보러 온 팬들이 만족할 만한 경기력이었나 생각하는 거죠.

그래도 지금은 이기면 빨리빨리 잊어버리려고 해요. 약간 웃기기는 하지만 '이겼으면 됐어' 하고 넘기려고 하는 거죠. 그 순간 좋은 결과를 얻은 건 변하지 않으니까. 그렇게 넘기려고 노력은 하는데 경기 내용에 대해 생각하는 걸 멈추기는 어려워요. 다음에 또 이렇게 운이 좋아서 이길 수 없으니까요.

나갈 기회만 있으면
나가서 도전하고 싸우라고 독려해요.

선수로서뿐 아니라 정말 사람으로서
한 단계 더 성숙해질 수 있으니까.
축구뿐만 아니라 인생을 사는 데도.

재능과 노력, 기술에 관하여

좋은 선수의 조건

이지은 ▶ 축구에서 말하는 "저 선수 실력 좋아"라고 할 때, 그 실력이라는 것은 무엇일까 생각해봤어요. 실력을 인정하는 선수들이 있을 텐데 어떤 기준으로 이야기하나요?

지소연 ▶ 단지 기술이 좋아서 잘한다고는 안 하는 것 같아요. 프로 선수라면 기본적으로 좋은 기술을 가지고 있어요. 저는 경기를 읽는 능력을 봐요. 경기 흐름을 파악하는 속도가 빠르고 그 흐름을 팀이 유리하게 바꾸는 선수들을 보면, 저 선수 볼을 잘 찬다고 생각하죠. 보통 그런 선수들이 패스도 잘하고, 다른 사람들이 보지 못하는 공간도 잘 봐요. 그리고 동료들의 승부욕을 끌어올리는 선수도 좋은 선수라고 보고 있어요. 저도 그런 선수가 되고 싶고요.

골을 만들기 위한 과정에서 동료를 볼 줄 알고, 패스도 잘 연결해주고, 자신의 위치를 잘 찾아가는 선수가 실력이 좋다고 생각하고, 그런 것으로 판가름이 난다는 얘기군요.

상황을 빠르게 파악하고 어떻게 해야 하는지 아는 선수. 예를 들어 드리블을 잘하는 선수가 있어요. 그런데 경기 들어갔는데 흐름도 못 읽고, 어느 위치에 있어야 하는지 파악도 못 하면 어떻게 되겠어요. 축구는 한 팀이 유기적으로 끊임없이 움직여야 하는 스포츠이고, 한 사람이 계속 공을 가지고 있기 어렵잖아요. 결국 공 뺏기고 경기 망치는 거죠. 그래서 저는 기술 좋은 선수보다 경기를 잘 읽는 선수가 더 좋은 선수라고 봐요.

경기를 읽는 능력은 출전을 많이 해본 경험에서 나올까요?
네, 그렇기도 한데 제 생각에는 재능인 거 같아요. 그걸 가지고 있는 사람이 있는 것 같아요.

맞아요. 선수들을 보면 정말 잘한다는 생각이 드는 선수가 있는 반면, 전혀 생각하지도 못한 방식으로 경기를 풀어가는 놀라운 선수들이 있는 거 같아요. 이런 센스는 재능일까요?
재능과 노력의 비율은 어느 정도일까, 재능을 완전히 압도하는 노력이 있을까, 혹은 재능 그다음에 노력이 더해지는 걸까, 그런 궁금증도 있어요.

혼히 노력하면 다 된다고 하잖아요. 근데 저는 재능을 가지고 태어난 사람을 이기기 어려운 것 같아요. 하지만 재능이 뛰어난데 안주해버리면, 그 사람은 노력하는 사람을 또 이길 수는 없어요. 그런데 재능을 가지고 있는데 노력도 하는 사람이다, 그러면 절대 못 이겨요. 재능에 노력이 더해질 때 절대 이길 수 없는 사람이 되는 거죠.

뛰어난 재능을 갖고 있는데 게을러, 그럼 좀 다른 것 같아요. 어느 정도 재능이 있고 노력을 더 하는 사람과 뛰어난 재능이 있는데 게으른 사람. 그러면 저는 노력과 재능을 가진 사람이 좀더 좋아질 거라고 봐요. 그렇기 때문에 제가 감히 얘기하기는 조심스럽지만 프로 선수가 되기 위해서는 타고난 재능은 있어야 한다고 생각해요. 하지만 축구의 재미있는 점은 메시 같은 천재와 일대일로 승부를 겨루는 게 아니라는 거죠. 한 사람의 재능과 노력만으로 경기 결과가 결정되지 않아요.

그렇다면 지소연 선수는 스스로 어떤 사람이라고 생각하나요? 누구나 다 아는 일인자로 천재적인 재능을 가진 사람이 아닐까 하는데요.

　재능이 있는 건…… 맞는 것 같아요.(웃음)

거기에 더해 노력도 멈추지 않고요. 그럼 이길 사람이 없군요. (웃음)

　제가 하는 일을 굉장히 즐기는 편이에요. 운동장에 있을 때 제일 즐거운 사람 중 한 명이기도 하고.

다른 선수들의 승부욕을 끌어올리는 선수도 좋은 선수라고 생각하고, 본인도 그렇게 되고 싶다고 얘기했어요. 승부욕을 끌어올려주는 선수는 어떤 선수인가요?

　선수마다 장점이 있는데, 아무래도 승부욕을 끌어내면 그 장점도 더 살아나거든요. 그러면 팀이 강해지니까 꼭 필요한 존재라고 생각해요. 승부욕을 끌어내는 선수는 팀 동료를 강하게 몰아붙이는 선수일 수도 있고, 동료에게 기회를 만들어주면서 확신을 갖게 해주는 선수일 수도 있어요. 또 열정을 가지고 자기의 모든 걸 쏟아붓는 모습을 보여주는 솔선수범형 선수일 수도 있겠고요. 누군가의 롤 모델이 되어 같이 뛰는 것만으로 벅차오르게 하는 선수도 있겠네요.

지소연 선수에게도 그렇게 승부욕을 끌어준 선수가 있었을까요?

선수보다는 감독님들. 제가 어렸을 때는 그럴 수 있는 환경이 아니었어요. 하지만 지금은 시대가 많이 바뀌었잖아요. 누군가의 우상이 될 수도 있고 꿈이 될 수도 있는 시대잖아요. 그래서 그렇게 되기 위해서 노력 중이에요.

축구의 기본기

축구를 시작한 지 얼마 안 되는 사람으로서 질문을 드려요. 기초 체력, 달리기, 드리블, 패스, 슈팅 같은 축구의 기본기 중 가장 중요한 것은 무엇일까요?

축구에 대한 열정, 마음이 제일 중요하다고 보지만, 기술적인 부분으로는 패스 컨트롤인 것 같아요. 좋은 패스라는 건 동료가 받아서 찬스를 만들 수 있게 주는 건데, 왼발과 오른발 중 어디에 줘야 할지 알아야 하고, 패스 받을 사람의 속도와 움직일 공간도 고려해야 해요. 제가 함께 뛰었던 선수들 중에는 사와 호마레 선수나 오노 시노부 선수가 '패스 마스터'라고 할 수 있는데, 다른 사람이 보지 못하는 공간과 동료를 보고, 받는 사람이 다음 플레이를 하기 편한 방향과 속도로 줬어요.

볼을 받을 발을 고려해서 준다는 건 전혀 생각을 못 했어요. 패스할 때 생각해야 될 것들이 굉장히 많네요.

예를 들어 선수가 골대를 바라보고 왼쪽으로 달리는데, 공을 오른발에 주면 스텝이 꼬이잖아요. 또 동료가 달리는 속도를 잘못 예상해서 동료 위치보다 앞이나 뒤로 주면 오히려 상대 팀에 찬스가 생길 수도 있고요. 상대 팀 수비가 동료 왼쪽에 있는데, 왼발에 주면 뺏기니까 그럴 때는 오른쪽으로 줘야 하고. 볼을 깔아서 줄지 높게 줄지, 순간순간 판단해야 하는 조건이 굉장히 많죠. 그래서 저는 패스 컨트롤이 기본기 중 제일 중요하다고 생각해요.

그런 패스는 보통 연습할 때 준비하나요?

이것도 센스가 필요한 지점이 있어서 재능이라고 보죠. 그런데 엄청나게 노력하면 좋아져요. 동료들이랑 반복적으로 연습하면 어느 순간 호흡이 맞거든요.

제가 또 궁금했던 건 키퍼와의 대결이라고 할 수 있는 페널티킥 노하우예요.

제가 페널티킥은 성공할 때도 있고 못 넣을 때도 있고 해서,

노하우라고 할 것은 없어요. 대범하게 차야 되는데, 저도 속으로 어떡하지, 어떡하지, 해요.(웃음) 그러고 나서 '안 되겠다. 그냥 한 곳만 바라보고 차자. 한 곳만 딱 정해서 차자. 흔들리지 말자' 하고 차요.

처음에는 키퍼를 쳐다봤는데 몇 번 막혔어요. 그래서 이제는 머리 싸움해요. 저쪽을 쳐다보는 척하면 저쪽으로 차는 줄 알고 저쪽으로 뜨는 사람이 있고, 그런데 또 그거에 안 속는 사람이 있고. 엄청 수 싸움을 해요. 할 때마다 머리가 너무 아파요, 솔직히.

박지성 디렉터의 책을 보니까 본인이 강심장이 아니라 페널티킥을 잘 못 차서, 후배들한테 차라고 한 적도 있다더라고요. 키퍼하고 기 싸움이 어렵나요?

저도 2022년 AFC 여자 아시안컵 8강 호주전에서 소현 언니한테 미뤘거든요. 그래서 감독님께 엄청 혼났어요. 콜린 벨 감독님이 "네가 키커인데 누구한테 양보를 하느냐. 대회인데 정신을 못 차리고 누구한테 주느냐" 하고 엄청나게 화내셨어요.

페널티킥 순서는 어떻게 정하나요?

경기 전에 승부차기를 하게 될 경우를 생각해서 1번부터 5번까지 찰 사람을 정해요. 그리고 만약에 페널티킥을 찰 순간이 오면 승부차기를 하기로 했던 1~5번 중 가장 자신 있는 사람이 차요. 보통은 그렇게 하는데, 팀마다 상황마다 좀 달라요.

그렇군요. 프리킥도 엄청 잘 차잖아요.

워낙 잘 차는 사람들은 그냥 차면 들어간다는데 저는 그렇지가 않아서 열심히 연습을 합니다. 노하우는 진짜 없어요. 천 개든 만 개든 차는 연습을 통해 감각을 익히는 거죠. 계속 차봐야지 어떻게 차야 들어가는지 알 수 있어요. 예를 들어 오늘은 골대에서 몇 미터 지점, 어느 쪽에서 100개를 차봐야겠다고 결심했으면, 그 자리에서 무조건 100개를 차야 해요. 끊임없이 연습해야 한다는 게 너무 뻔한 이야기 같지만, 그 뻔한 일을 반복해야 원하는 목표에 닿을 수 있어요. 요령은 없어요.

골 결정력도 연습으로 길러지는 건가요?

골을 잘 넣는 사람들은 '골 냄새'를 진짜 잘 맡아요. 일명 '잘 주워 먹는 사람들' 있잖아요. 그런데 잘 주워 먹는 것도 위치 선정이 좋아야 주워 먹는 거고, 잘하니까 주워 먹는 거지, 볼 안 오는 곳에 있으면 골 못 넣잖아요. 그 앞에 있는 것도 본능적인 거죠. 본능이라고 할 만큼 몸에 익힌 감각이기도 하고요. 저도 연습 때 여러 가지 시도를 해봐요. 반 박자 빠르게 공을 때려봐야지, 수비가 발을 뻗으면 가랑이로 넣어야지, 또 키퍼가 다리 벌리고 있으면 다리 사이로 넣어야지, 하면서 위치나 상황에 따라서 미리 다 연습해요.

노하우는 진짜 없어요.
천 개든 만 개든 차는 연습을 통해
감각을 익히는 거죠.
너무 뻔한 이야기 같지만,
그 뻔한 일을 반복해야
원하는 목표에 닿을 수 있어요.

프로축구 선수라는 직업

직업을 갖고 일을 한다는 건 단순히 돈벌이만을 의미하는 건 아니다. 생계를 해결하는 것도 꼭 필요한 일이지만, 그다음에는 이 분야에서 자신이 어디까지 올라갈 수 있을지 꿈을 꾸며, 더 잘하고 싶은 마음을 품게 된다. 시작부터 경쟁 그 자체인 축구라면 또 어떨까. 자신이 좋아서 시작한 일이지만 끊임없이 자신을 훈련하고 발전시키고 끈질기게 해내야만 하는 냉혹한 프로의 세계에서 지치지 않고 일인자의 자리를 지키는 건 강인함 그 자체 아닐까. 이런 의문을 갖고 지소연과 대화를 나눴다. 그런데 지소연의 이야기를 듣다보니, 불안, 부담, 두려움은 바람 빠지는 풍선처럼 계속 작아지기만 했다.

15세에 처음으로 세계 무대를 밟은 지소연은 훌륭한 선수들을 직접 보며 자신의 한계가 어디일지 시험해보고 싶다는 의지를 다졌다. 첼시에서 뛰면서 전 세계에서 모여든 선수들과 매일 주전 경쟁을 하며 현재에 안주하지 않고 거듭 나아갈 수 있었다. 경기를 질 때면 쓰라린 패배의 경험을 좀 더 오래 곱씹으며 앞으로 나아갈 수 있는 동력으로 삼았다. 매일의 긴장감을 피하지 않고 오히려 해내겠다는 꾸준한 노력으로 그렇게 한 걸음씩 나아갔다. 그렇게 우리 앞에 지소연이 서 있다.

직업인으로서

이지은 ▶ 프로축구 선수로서 직업에 대한 만족도가 궁금했어요.

　지소연 ▶ 저는 엄청 만족하고 있어요. 왜냐하면 하고 싶은 일을 하는 사람이 많지 않잖아요. 심지어 하기 싫어도 해야 하는 일이라 하고 있는 경우도 있고요. 그런데 저는 제가 제일 좋아하는, 제일 사랑하는 축구를 지금 하고 있고, 그게 제 직업이기 때문에 더 바랄 게 없어요.

좋아하는 일을 잘한다는 것, 거기까지 가니 최상의 직업이겠어요.

　직장 다니는 분들보다 자유 시간이 많잖아요. 그런 부분이 저는 특히 만족스러워요. 축구를 하면 할수록 축구하기 잘했다는 생각이 더욱 들었어요. 때로는 직장인의 삶을 한번 살아보고 싶다는 생각을 하다가도 직장 다니는 분들 얘기 들으면 마음이 달라져요.

　물론 저희는 주말은 없을 수 있지만 휴가가 있어요. 시즌 끝나면 3주, 중간중간 이틀 혹은 3일씩 쉬기도 하고요. 9시부터 6시까지 일하는 직장인과 달리, 세 시간 혹은 여섯 시간 운동하고 나면 나머지는 개인 시간이니까 좋죠.

　그리고 또래보다 어린 나이에 돈을 벌게 되면서 저를 책임질 수 있는 게 말로 표현할 수 없을 만큼 벅차고 좋았어요. 경제적인 문제를 하나하나 해결해나갈 때 기쁨도 컸어요. 가족들에게 도움이 될 수 있어서 행복할 때가 많아요. 제가 앞으로 나갈 수 있는 힘, 원동력이 되는 거 같아요.

인터뷰를 시작하고 제일 행복해 보이네요.(웃음) 일을 하며 경험이 쌓인다는 게, 알아서 척척 할 수 있어서 효율이 높아지는 반면, 일이 어떻게 될지 예측하기 때문에 두려운 일이라거나 에너지가 많이 드는 일에는 회의적으로 반응해버릴 때도 있어요.
축구 선수 13년 차 지소연에게는 경험이라는 게 어떻게 작용할까요?

제가 스무살이었던 때는 졸업하면 국내 실업팀으로 가는 게 당연했어요. 근데 그 길을 택하지 않았던 건 월드컵을 뛴 '경험' 덕분이었어요. 세계 무대에 서보니 잘하는 선수들이 너무 많은 거예요. 우리 팀이 잘하겠지, 내가 좀 잘하는 선수지, 하고 갔는데 전혀 아니었어요. 머리를 한 대 맞은 것처럼 띵했어요. 거기서부터 도전 정신이 생기고, 동기 부여가 됐어요.
내가 어디까지 올라갈 수 있을지, 어디가 나의 한계인지 알고 싶어서 드래프트를 포기했어요. 한국은 나중에 돌아오면 된다는 생각이었죠. 무조건 세계 무대로 가자. 제 눈은 이미 외국으로 향해 있었어요. 그렇게 간 곳이 마침 일본이었죠. 일본에도 잘하는 선수들이 상당히 많았고 3년 동안 많이 배웠는데, 어느 순간 거기도 제 성이 안 차는 거예요.
한 번 더 도전하자 하고 영국으로 갔죠. '나 여기서 무조건 성공한다' 하는 자신에 대한 믿음이 있었어요. 일본에서 영국 선수들과 붙어봤던 경험이 '나 괜찮네' 하는 확신을 줬던 거예요.

첼시에서 매년 경쟁하며 선수들이 트레이드 되었는데, 저는 좀더 잘하는 선수들이 왔으면 좋겠다고 생각했어요. 실제로 잘하는 선수들이 계속해서 들어왔죠. 그럼에도 저만큼 경험을 가지고 있거나 저와 같은 스타일로 축구를 하는 선수들이 별로 없었어요. 그 무대에서 살아남기 위해서 경기 중 좀 더 빠르게 판단하고 움직이는 선수로서의 장점을 잘 지켰기에 가능했다고 생각해요. 제가 오랫동안 첼시에서 10번이라는 번호를 달고 뛸 수 있었던 이유 중에 하나겠죠.

이런 기회나 경험 속에는 제가 시도를 안 하면 알 수 없는 것들이었어요. 경험이 오히려 저를 도전하게 했어요. 도전 정신을 가지고 부딪혀봐야 자기가 어디까지 왔는지, 어디까지 갈 수 있는지, 얼마나 더 발전할 수 있는지 알 수 있는 거잖아요. 우리 후배들이 그런 기회를 더 원했으면 좋겠어요.

외국으로 나가본 경험은 선수뿐 아니라 평범한 직장인에게도 큰 영향을 주는 것 같아요. 꼭 가서 일을 해보지 않더라도 새로운 문화를 만나면 시야가 넓어지고 인생이 바뀌는 느낌이 들고요. 어떤 의도로 후배들에게 계속 더 좋은 시스템이 갖춰져 있는 곳들을 경험해보라고 말하는지 알 것 같아요.

혼자 이런 생각을 해요. '내가 잘해야 후배들이 이 길을 오겠지, 올 수 있는 길을 열어야겠다.' 그냥 저만 잘하면 되는 게 아니라, 동료들도 제가 걸었던 이 길을 같이 걸을 수 있다면 좋겠다고 바라왔고, 소현 언니, 금민이, 예은이, 영주 등 한두 명씩 해외 무대에 나오기 시작했을 때 저 자신이 자랑스러웠어요. 제가 버티고 버텼던 결실이 보이는 것 같아서. 한국으로 올 때도 숙제를 좀 했다는 생각에 편한 마음으로 올 수 있었고요.

영국에서 있을 때 잘하려고도 노력했지만 저를 통해서 한국 선수들을 볼 수 있게끔 하려고 버텼던 것 같아요. 제가 처음 뛸 때는 일본인이라고 보는 일이 많았거든요. 한국인이라고 생각하지 못할 때였어요. 아무도 주목하지 않는 한국에도 좋은 선수들이 많다는 걸 알리고 싶었고, 그 좋은 선수들이 조금이라도 빨리 더 큰 무대에 진출할 수 있게 제가 잘해야 했어요. 첼시에서 8년 반 동안 우승 타이틀을 이어가면서 굉장히 좋은 커리어를 쌓은 한국 출신의 선수라는 걸 영국에 각인시켰기 때문에 저의 동료들이 오고, 또 저희 다음 세대가 올 수 있는 발판이 마련된 거 아닌가 스스로 어깨를 토닥여주기도 해요. 지금 영국에 있는 동료들에게도 다음 후배들이 올 수 있게 잘하라고 독려하고 있고요.

자신을 통해서 한국을 본다는 게 엄청난 부담이었을 것 같아요.

처음에는 정말 부담스럽기도 했지만, 그 부담이 저에게는 걸림돌이 되는 대신 동력이 되기도 했어요. 제가 가야 될 곳만 정확하게 보면서 달려갔던 거죠.

제가 첼시에 있는 동안 정말 잘했어요. 8년 반 동안 열세 개 트로피를 올렸거든요. 10년 동안 한 개 들까 말까 한 건데 열세 개를 했죠. 저 진짜 힘들었지만 엄청 열심히 했어요.

2022년 5월 15일 웸블리 스타디움에서 FA컵 마지막 결승전에서 우승하고 팬들에게 작별 인사를 할 때 여러 감정이 들었어요. 정말 멋진 이별이었고요. 팀이 이만큼 크는 동안 제가 선수로서도, 사람으로서도 성장했다는 생각에 뿌듯하기도 했어요.

도전할 과제를 스스로 찾는 것, 혹은 어떤 필요한 부분에 거리낌 없이 먼저 목소리를 내는 건 평소 성격에서 나오는 걸까요?

어릴 때부터 좀 뻔뻔하고 당돌했던 것 같아요. 그래서 선배들에게 불편한 후배였는데 성인이 돼서 만나고 나니 제가 이런 유형의 사람이었다는 걸 이해해줬어요. 그렇다고 제가 하지 않아야 할 말을 못 가리면서 하는 건 아니에요. 주로 팀에 관해, 경기에 대해 정확하게 얘기하는 거죠. 처음에는 친구들이 많이 말렸는데, 어느 순간 저보고 얘기하라고 해요.

혹시 프로축구 선수로서 평소에 겪는 불안감이나 부정적인 감정도 있나요?

여자축구 선수들이 계속 줄고 있어요. 인원이 줄어드니까 우리 모두가 노력했는데, 나중에는 우리 여자축구가 없어지면 어쩌나 싶어요. 그러면 너무 허무할 것 같기도 하고. 우리가 노력했다는 것만으로 위안을 삼아야 하는 걸까 하는 고민이 드는 것 같아요.

여자축구의 미래가 없을 정도로 불안한 상태인가요?

아무래도 그렇죠. 지금 인구가 감소하는 상황에서 딸 하나가 있다면, 어떤 비전을 보고 여자축구를 시킬 수 있을까. 이런 질문에 답하기에 현재 여자축구 환경이 무척 회의적이에요.

대중적인 인지도가 높아지고 실제로 2030 여성들이 축구 동호회도 많이 만드는 등 저변이 넓어지는 것과 별개로 프로로서 미래는 긍정적으로 보지 않는군요.

여성 팀 스포츠에 대한 관심이 높아지면서 이전보다 많은 분이 여자축구에도 관심을 갖게 됐어요. 그런데 프로 여자축구의 미래를 위해서는 어린 친구들이 축구를 할 수 있는 환경이 되어야 하고, 선수 저변을 확대시켜야 해요. 그 지점까지는 잘 연결이 되지 않아서 아쉬워요.

그래서 제 자리에서 제가 할 수 있는 걸 하고 있어요. 여자축구 환경 변화나 발전을 위해 제가 필요한 자리라고 하면 무조건 가요. 이전에 축구협회 부회장님과 함께 서울시 교육청을 방문한 적도 있어요. 지도자나 프로그램이 없어서 축구를 할 수 없는 여학생들도 축구를 할 수 있게 협회에서 지도자를 파견하는 업무 협약이 있었거든요.

최근에 여자배구 경기가 인기가 많아졌어요. 평일 저녁에 중계를 해주고 3천 명 관중석 매진이 되는 경우가 많더라고요.

여자축구의 인기나 대중의 관심에 대해서도 이야기 나누고 싶어요. 제가 짐작하기로는 방송 출연, 인터뷰 등 알릴 기회가 있을 때마다 거절하지 않고 무척 애쓰는 것 같은데, 대중의 관심이나 응원에 관해서 동료들과 어떤 얘기를 하고 있을까요?

어디서부터 시작해야 할지 잘 모르겠지만 저희뿐만 아니라 다른 종목들도 비슷한 고민을 계속하고 있어요. 그런데 선수들이 할 수 있는 부분은 적은 것 같아요.

저희 선수들도 대중이 감동할 수 있는 경기력을 보이도록 노력해야겠지만, 경기 외적으로 주변 환경이나 마케팅에서 해줘야 하는 부분이 있는데, 경기를 해도 홍보 하나가 아쉬운 게 현실이죠. 저희 팀도 그렇고, 2022년 국제축구역사통계연맹이 아시아 여자축구 클럽 1위로 선정한 인천 현대제철 레드엔젤스의 사정도 다르지 않아요. 저희가 메이저 대회에서 정말 큰 성과를 내서 국민적인 관심을 팍 터트리고, 그 분위기가 잘 이어지도록 경기 시간도 사람들이 좀더 편하게 올 수 있게 조정되고, 마케팅도 적극적으로 하게 되면 지금보다 많은 대중의 관심을 받을 수 있지 않을까 기대해요.

다시 직업에 관한 이야기로 돌아가서, "축구 하나만 보고 공부하지 못해서 아쉽다"는 얘기를 한 적이 있어요. 현실적인 환경이나 조건이나 다 떠나서, '내가 이 직업이었으면 어땠을까' 하는 상상을 해본 적 있나요?

영국 갔을 때 공부하고 직업을 갖고 그러면서 축구를 하는 친구들 보면서 어떻게 동시에 하는지 신기했지만 사실 다른 직업을 꿈꿔본 적이 없는 것 같아요. 오히려 시간을 돌릴 수 있다면, 하는 생각은 해본 적 있어요. 시간을 되돌릴 수 있다면 고등학교 다닐 때나 스무 살로 돌아가고 싶어요. 그때로 돌아가면 영국이나 유럽으로 좀더 빨리 가서 생활하면 좋지 않을까 하는 거죠.

남자로 태어났다면 어떤 선수가 되어 있을까, 어느 위치에 있을까도 생각해본 적 있어요. 제가 첼시에서 선수 생활을 했던 것과 흥민이나 희찬이가 활동하는 걸 매우 다르게 보는 기분이 들 때요. 여자 선수도 해외 리그에 진출하고 주전으로 뛰기 정말 힘든데, 그렇게 인정을 받지 못하는 부분에서 아쉬워요.

맞아요. 이룬 것에 비하면 아직 박수가 충분하지 않아요. 어서 빨리 그런 시기가 왔으면 하는 마음이 점점 커지네요. 그럼 이번에는 직업병 얘기를 해볼게요.

축구 선수는 어떤 직업병이 있나요? 편집자의 직업병은 메뉴판 보거나 노래방에서 노랫말 나올 때 맞춤법을 자연스럽게 보게 되는데요.

뭐든 발로 하는 거요. 불을 꺼야 할 때 휴지로 차서 벽면의 스위치를 끈다거나 핸드폰 떨어져도 발로 잡는다거나.

상상도 못 한 대답이었어요.(웃음) 축구 선수로서 직업 만족도가 높다고 했어요. 평소 행복하다고 느끼는 순간은요?

경기장에 들어가면 어떻게 해야겠다는 그림을 머릿속에 그리는데, 그 그림 그대로 구현했을 때, '이게 진짜 되네' 하는 기분이 있어요. 그럴 때는 너무너무 좋아요. 그리고 경기장 안에 서 있을 때 잔디를 밟고 있다는 거, 그 자체로도 즐거워요. 또 볼 차는 소리, 톡톡톡, 이런 소리 들을 때 아직도 가슴이 두근거려요. 특별히 어떤 경기를 할 때 더 행복했다 하는 건 없어요. 어떤 경기는 과정과 결과가 몹시 슬펐고 힘들었고, 어떤 경기는 지금도 머리에서 생생하게 그려질 정도로 짜릿했지만, 그런 기분과 별개로 축구 선수로 뛰는 그 모든 순간이 행복해요.

기회나 경험 속에는 제가 시도를 안 하면
알 수 없는 것들이 있어요.

경험이 오히려 저를 도전하게 했어요.
도전 정신을 가지고 부딪혀봐야
자기가 어디까지 왔는지,
어디까지 갈 수 있는지,
얼마나 더 발전할 수 있는지
알 수 있는 거잖아요.

슬럼프와 전성기

좌절이라는 동력

이지은 ▶ 지금까지 축구 커리어를 보면 늘 최선의 상태를 유지하면서 성과도 내왔어요. 그렇다보니 슬럼프가 있었나 싶기도 해요.

지소연 ▶ 슬럼프 있었어요. 고등학교 1학년 때 자만하고 있었어요. 제가 진짜 축구를 제일 잘하는 줄 알고 건방지게 운동도 열심히 안 하고요. 혜리가 어느 날 "너 매너리즘이야. 축구 안 늘고 있어. 옆에 친구들, 동생들 다 치고 올라오는데 너는 실력이 그대로야. 정신 차려" 하고 말하더라고요. 그때부터 정신 똑바로 차리고 했죠.

그 말을 들었을 때 화가 나진 않았나요? 저 같으면 왜 나한테 그런 말을 하느냐고 화를 냈을 것 같기도 해요.

그런 말을 해줄 친구가 있다는 게 참 감사한 일이죠. 아무도 얘기를 안 해줬다면 몰랐을 거 아니에요. 저를 진심 어린 마음으로 지켜보고 해준 이야기이니 너무나 고맙죠.

김혜리 선수가 보기에 안 늘었던 거지, 사실 그때도 제일 잘했을 텐데요. 보통 슬럼프라고 하면 갑자기 기력이 좀 떨어진다거나 성과가 안 좋거나 하는 경우인데.

거만하게 운동하고 있었으니 저는 그때가 첫번째 슬럼프였다고 생각해요. 당시에 최연소 국가대표도 되고 하니까 제가 최고인 것처럼 그랬죠. 그러다 2010년 U-20 월드컵에 나가서 한 번 더 정신이 번쩍 들어요. 잘하는 사람이 정말 많잖아 하고요.

2010년 U-20 월드컵을 치른 뒤, 경기만 하면 골을 넣어야 된다는 압박감, 부담감이 꽤 컸고, 그로 인해서 퍼포먼스도 자연스럽게 떨어졌다고 한 적 있어요. 저는 이때가 슬럼프라면 슬럼프였을 것 같은데, 감독님의 격려의 한마디도 도움이 되었겠지만, 경기를 통해서 본인이 극복하려고 한 부분은 없을까 궁금했어요.

아무래도 사람들이 제 이름을 많이 알게 되는 시기였고요. "U-20에서는 골을 많이 넣었던 선수였는데"라고 안타까워했어요.

그때 대표팀 감독님이나 동료들도 많이 힘이 됐지만 소속팀에서 사와 호마레 선수를 보면서 이겨냈던 것 같아요. 등번호만 봐도 힘이 나는 그런 선수거든요. '나도 이 언니처럼 어느 날 선수들이 두렵고 무서울 때 내 등번호를 보면서 안심하고 용기를 가질 수 있는 선수가 되면 좋겠다. 그런 선수가 되고 싶다' 하고 결심했고, 라이벌이라고 할 수는 없지만, '저 선수를 넘지 못하면 나는 어디를 가서도 성공할 수 없겠다'는 생각을 했어요. 동기와 목표가 생기니 다시 일어서게 되더라고요.

그런 분이 옆에 있어서 다행이었네요. 보통 '첫 직장에서 3년이 중요하다'라는 말을 하기도 하는데, 누구를 만나서 일을 어떻게 전수받느냐에 따라 성장하는 데 영향을 받는다는 의미거든요. 지소연 선수는 시작점이었던 첫 프로 생활 3년을 좋은 선배를 만나 참 알차게 보냈군요.

그 인연이 진짜 감사하죠.

고베를 떠난 이후에 사와 호마레 선수랑 따로 연락을 하거나 그랬던 적은 있나요?

그러지는 않았어요. 나오나 아스나는 지금도 계속 연락하고 있어서, 사와 호마레 선수에게 안부를 전해달라고 해요.

고베에 있을 때 사와 호마레 선수가 직접 조언을 해준 적도 있었어요?

영광스럽게도 "너 진짜 잘한다"라고 칭찬받은 적은 있어요. 그때 같이 뛰었던 동료들도 "너처럼 잘하는 선수는 본 적이 없다"라고 자주 얘기를 해줬어요. "같이 뛰는 게 영광이고 정말 훌륭한 팀 메이트"라고 해주기도 했고요. 그 선수들이 2011년 독일 여자 월드컵 우승 주역들이었기에 저 또한 같이 뛰었던 순간순간이 영광이었어요.

그러고 보니 영국에서 한국으로 오겠다고 마음을 먹고도 힘든 시간을 보냈다고 했어요.

한국으로 와야겠다는 마음먹을 때쯤 코로나에 걸리고, 아무

데도 못 나가고 고립되다보니까 빨리 한국으로 가고 싶은 마음에 축구도 살짝 뒷전으로 미뤄뒀던 것 같아요.

운동을 소홀하게 한 것도, 선발 명단에 없어도 그렇게 분해하지 않았던 적도, 그때가 처음이었거든요. 원래 제가 경기 못 들어가면 정말 화가 나고 분해서 더 열심히 준비하고 그랬어요. 하지만 한국에 가겠다는 힘든 결정을 할 때는 정말 축구가 잘 안 됐어요.

그렇게 결심하고 나서도 감독님한테 말하기까지 굉장히 오랜 시간이 걸렸어요. 근데 감독님은 이미 눈치를 채고 계셨더라고요. 저를 8년 반 동안 봤으니까. 감독님한테, 팀 동료들한테 얘기하기까지 정말 힘든 시간이었어요. 제가 흘린 땀, 제가 성장한 시간이 그곳에 다 있었기 때문에 떠난다는 게 쉽지 않았어요.

지금도 영국에 가면 잠시 한국에 휴가 다녀온 느낌일 것 같아요. 그만큼 첼시를 떠나는 결정을 하기까지 정말 힘들었어요. 너무 힘들고, 축구도 잘 안 되고, 그때만큼 바닥을 찍은 적이 없었어요. 첼시에서는 몸도 마음도 항상 상승 곡선만 그리다가 그 시기에 진짜 바닥 끝까지 내려갔어요. 그렇게 무너졌던 게 처음이었어요.

그럼 그때 감독님이 먼저 이야기하자고 했을까요?

제가 감독님께 먼저 얘기하자고 그랬어요. 처음이었어요. 항상 감독님이 먼저 저를 불렀는데, 제가 이야기할 수 있을 때까지 감독님이 기다려준 거죠. 감독님한테 얘기 좀 하자 해서 한 시간 정도 얘기를 했는데, 펑펑 울었어요. 감독님이 저에게 진짜 기회를 많이 줬어요. 다른 선수들도 영입해야 되는데 시즌이 끝날 때까지 기다려줬어요. 제가 한 3~4월까지 결정을 못 내렸거든요.

하루에도 몇 번씩 떠나야겠다고 했다가 또다시 마음을 접고.

맞아요. 감독님이랑 얘기를 한참 하고 나서 결정을 했어요. 그때 엠마 감독님이 "한국은 언제든지 돌아갈 수 있다. 하지만 네가 축구를 하는 동안은 커리어를 쌓는 지금에 집중해라. 정말로 여기서 행복하게 축구를 해오지 않았냐" 하셨는데 그 얘기를 듣고 진짜 많이 울었어요. 죄송하기도 하고 감사하기도 하고 그래서요.

그때도 제 퍼포먼스가 떨어졌다기보다는 축구를 대하는 마음가짐이 문제였던 거죠. 감독님이랑 얘기한 뒤에 그동안 아낌없이 저를 응원해준 우리 첼시 팬들과 아름답게 이별하기 위해 정신을 똑바로 차리고 마무리했어요.

그때 지소연에게 해주고 싶은 말이 있다면?

"너무 그렇게 바닥 끝까지 안 가도 된다. 정말 다 쏟고 왔으니 후회 없을 거다"라고 얘기해주고 싶어요.

주변 동료가 슬럼프에 빠져서 힘들어하는 것도 보았을 것 같아요.

그분들한테 조언을 해주기도 하나요?

사람이 항상 같은 능력으로 잘할 수는 없다고 생각해요. 저 또한 그랬기 때문에. 그 시기가 사람마다 달라서 빨리 온 친구들도 있고 늦게 온 친구들도 있어요. 저에게 상담하는 친구들한테 "잠시 네가 조금 쉬어가는 거라고 생각하라"라고 해요.

때로는 정신적으로 크게 무너지는 친구들이 있어요. 그럴 때마다 옆에서 "누구한테나 이런 시기는 오지만 잘 넘기는 사람과 넘기지 못하는 사람에서 차이가 난다"라고 하거든요. "네로라하는 훌륭한 모든 선수도 이런 시기가 있었다"고 말해주고요.

많이 힘들어할 때는 같이 울 때도 있어요. 저도 힘든 시절이 있었기 때문에 그 마음을 잘 알죠. 만약 운동이 안 돼서 힘들면 같이 운동도 해주고, 안 되는 거 있으면 좀더 알려주려고 하고. 제가 할 수 있는 선에서는 정신 차리라고 질책도 해주고 신경을 꽤 쓰는 것 같아요. 얼마 없잖아요, 저희 여자축구 선수가. 한 명 한 명 소중해서 놓치면 안 되거든요.

평소 가깝게 지내는 김혜리 선수나 이금민 선수가 슬럼프에 빠져 힘들어한 적은 없나요?

혜리가 2022년에 부상이 잦았어요. 기절해서 앰뷸런스에 실려 가기도 했는데, 그럼에도 슬럼프로 힘들어한 적은 없었던 거 같아요. 괜히 대한민국 대표팀 주장이 아니죠.

금민이는 어렸을 때부터 지금까지 대표팀 안에서 제가 정말 강하게 키운 친구 중 하나예요. 사람들에게 기쁨을 주고 싶어 하고 엄청 활발해서 슬럼프가 온다고 해도 잘 이겨낼 거예요.

여자축구에 대한 대중의 관심이 여전히 낮은 것에 대해 "매일 열심히 내 몫을 해서 이번 월드컵 때 좋은 성적 보여드리고 그렇게 해서 결과로 보여주면 관심이 좀 따라올 것이다"라는 이야기를 한 적이 있는데요. 감명 깊은 말이면서도 또 한편으로는 세상 모든 일이 다 노력에 대해 좋은 결과로 응답하는 게 아니잖아요.

최선을 다했는데, 죽을 힘을 다했는데 안 되는 경우, 이런 것도 겪었겠지요. 그럴 때 어떻게 받아들이나요?

첼시에서 챔스 우승을 목표로 했다가 못 이루고 왔지만, 저는 실패라고 생각하지 않아요. 축구 인생 전체로 놓고 보면 도전해본 경험이니까요. 좌절을 경험했던 순간들이 있기에 더 많이 배웠던 것 같아요. 내가 어떻게, 어디가 부족했을까를 생각하고 거기에서 출발해서 더 많이 배우고 또 성장하는 거죠. 그동안 아시안컵에서 계속 똑같은 팀, 호주한테 반복해서 졌어요. 그러다보니 대표팀을 은퇴하고 싶을 정도로 정말 힘들었는데, 그런 고통의 시간들이 어떤 목표를 향해 가는 발판이 되어서 저희가 2022년 AFC 여자 아시안컵에서 역사상 최고 성적을 낼 수 있었어요.

저는 경기를 지는 과정에서 그 아픔을 잊을 수가 없어요. 그런데 그 경기에서 있었던 실책의 순간만 잊지 않고 기억하면, 그 팀이랑 다시 싸울 때 너무 힘들거든요. 그렇기 때문에 경기가 끝나면 다른 선수들한테는 "잊자. 빨리 잊자" 하고 얘기해요. 그럼에도 사실은 잊으면 안 될 것들이 있어요. 그때 그 마음은 절대 잊어서는 안 돼요. 다만 그 아픔을 앞으로 나갈 수 있게 하는 힘으로 스스로 바꿔야 해요. 좌절을 잊지 않고 좀더 생각하고 느끼고 소화하면 조금씩 저희가 전진할 수 있는 동력이 되는 거예요.

'우리 졌네. 이게 끝났네' 하는 게 아니라, '왜 졌을까. 다음 경기를 어떻게 준비할까'라고 한 번 더 생각해보고 뭐가 잘못된 건지 처음부터 돌아보는 시간들을 충분히 갖는 거죠.

그렇게 해서 끝내 호주를 2022년에 이긴 것이군요.

네. 호주를 이기고 결승에서 중국을 만나서 진 거예요. 심지어 2대 0으로 이기고 있다가 2대 3으로요. 지금은 아시안컵 결승전을 떠올리기만 해도 너무 고통스러워요.

수많은 경기를 지금까지 뛰면서 본인이 했던 실수 중 기억하고 있는 게 있을까요?

저는 매 경기 제가 잘못해서 졌다고 생각을 하는 편이에요. 제가 좀더 동료들을 잘 이끌었다면 좋았을 텐데, 하고 후회해요.

팀에서 역할이 공을 뿌리는 역할, 경기를 운영하는 데 큰 역할을 하는 포지션이라 그런 걸까요?

그런 것도 물론 있지만, 팀에서는 제가 베테랑이에요. 그런 제가 팀을 제대로 이끌지 못했을 때 그에 대해 책임감을 느끼죠. 그래서 항상 경기에서 지면 '내가 더 이렇게 해야 했고, 수비적인 면에서도 조직적으로 좀더 잘 이끌었어야 하는데' 하고 자책을 많이 해요.

갑자기 후회의 아이콘인데요. 뒤는 안 돌아보는 줄 알았는데.

첼시에 있을 때와 대표팀에 있을 때 많이 달라요. 첼시는 뒤 돌아볼 필요 없이 승승장구하니까요. 그런데 대표팀에 오면 작아져요. 경기를 할수록 계속 지니까.

그럼에도 통쾌한 순간이 있었어요. 호주에 서맨사 커(이하 샘 커)라는 선수가 있어요. 저는 클럽에서 우승을 굉장히 많이 한 선수예요. 하지만 샘 커 선수는 클럽에서 우승을 한 적이 한 번도 없었어요. 그래서 "나는 열한 번 우승했다"라고 자랑을 했더니, 저한테 "대한민국에서 우승한 적 있어? 너희 팀 만년 꼴찌 아니야?"라고 답을 던진 거죠. 자존심이 엄청 상했어요. 그래서 샘 커한테 "아시안컵 때 보자. 나 혼자 이길 수는 없지만, 우리가 힘을 합친다면 분명히 이길 수 있어. 기다려라" 했는데 정말 저희가 이긴 거예요. 8강에서.

그때 서러움을 다 씻었어요. 경기 끝나고 샘 커 선수가 저한테 인사도 안 하고 가더라고요. 얼마나 열 받았겠어요. 매번 이기다가 지니까. 반대로 저는 얼마나 신났겠어요. 그 뒤에 샘 커 선수한테 문자가 왔어요.

"미안하다. 기분이 많이 좋지 않아서 인사를 못 했다. 정말 축

하한다. 너의 말이 아직도 내 가슴을 울린다." 그래서 제가 답
장했어요. "그럴 수 있다. 이해한다. 이제라도 나의 마음을 알
게 돼서 기쁘다. 축하해줘서 매우 고맙다. 조심히 돌아가라."

와, 그런 비하인드가.

제대로 설욕했죠. 그때 골도 제가 넣었거든요.

그래도 선수 생활하면서 자책골을 넣은 적은 없었던 것 같아요.

초등학교 때 이후로 없는 거 같아요. 페널티킥을 준 적은 있
어요. 미국에서 친선전하다가 제가 볼을 걷어내려고 하는데
메건 라피노(이하 라피노) 선수가 영리하게 제가 스윙을 하는
순간 다리를 딱 건 거죠. 저는 라피노 선수를 걷어찬 게 된 거
예요. 그래서 페널티킥을 줬죠. '머리싸움에서 졌다. 이 선수
진짜 영리하구나. 왜 베테랑인지 알겠다' 했어요.

상황을 정확하게 파악하니까 계속 실수로 남아 있지 않고 털어버릴
수 있나봐요. 다음에 안 할 수 있는 방법이 딱 나오니까.
축구를 좋아해온 만큼 그 마음을 지키기 위해 노력했을 것 같아요.
지금까지 잘할 수 있는 비결과도 연결이 되고요.

저도 저를 잘 몰랐는데 수원FC에 오고 나서 희선이가 한 말
이 오래 남았어요. "언니는 축구할 때가 가장 행복해 보여요.
어떻게 그렇게 행복해 보일 수가 있어요?"

저한테 말도 안 걸었던 친구가, 제일 친해지기 어려웠던 친구

가, 그런 말을 하니까 '내가 그렇구나' 깨달았죠. 정말 몰랐거든요. 제가 축구를 좋아하고 사랑하지만 힘들 때는 포기하고 싶기도 하잖아요. 그런 말 한마디가 제가 다른 생각을 못 하게 만들어요. 내 모습이 다른 사람들에게 이렇게 비춰지는구나, 마음에 확 와 닿았어요. 좋아하는 마음을 지키려고 노력했다기보다 저도 모르게 축구를 즐기고 좋아해온 것 같아요.

역시, 즐기는 사람을 못 따라가죠.

전성기에 대한 질문도 많이 듣죠? 스스로 돌아봤을 때 전성기라고 하는 시기가 있었나요?

전성기는 지났어요. 제가 몸이 좋았을 때가 두 번 있었어요. 일본에 있을 때 한 번, 영국에 있을 때 한 번. 그때는 몸놀림 자체가 달랐던 것 같아요. 날아다녔어요. 지금은 몸보다 경험으로 하고 있습니다. 축구 지능과 함께. (웃음)

그 아픔을 앞으로 나갈 수 있게 하는 힘으로
스스로 바꿔야 해요. 좌절을 잊지 않고
좀더 생각하고 느끼고 소화하면
조금씩 저희가 전진할 수 있는 동력이 되는 거예요.

삶의 방향 전환

완성보다는 도전

이지은 ▶ 프로에 처음 데뷔할 때 미국이 최강 리그였는데, 여러 사정으로 미국 진출을 하지 않게 되었어요. 그때 처음 목표와 달라진 상황이 불안하거나 두려웠을 수도 있었을 것 같은데요.

지소연 ▶ 불안한 건 없었고 미국에는 다시 갈 수 있는 기회가 있을 거라고 생각했어요. 당시 2010~2011년에는 일본 축구가 강세였거든요. 오히려 제가 좋아하는 스타일의 축구를 하는 일본에서 좀더 배우고 성장해서 미국을 가는 시나리오를 쓰고 있었어요. 미국은 언제든지 갈 수 있다 생각했고 낙심하지 않았어요. 그런데 주변에서 연락이 오더라고요. "미국 못 가서 어떡하니" 하고요. 저는 '뭐가 어떡하지? 나는 축구를 하고 있는데'라고 생각했죠. 별로 개의치 않았어요.

그렇게 일본에서 활동하다 재계약 시점에 우연히 첼시를 만난 거예요. 다음으로 미국을 가야 하나 고민하던 타이밍에요. 일본에서도 3년 동안 우승도 많이 했거든요. 이후 첼시까지 프로팀 12년쯤 있으면서 트로피를 한 스무 개 정도 든 것 같아요. 우승 트로피만요. 축복받은 선수죠. 우승을 한 번 하는 것도 힘들거든요. 정말 감사하죠.

들을 때마다 놀라운 우승 기록이에요! 불안이 없다는 건 현재 자신의 위치가 단단하다는 믿음에서 비롯된 것 같아요. 미래에는 어떻게 될까에 대해 자주 생각했나요?

어렸을 때는 늘 그려봤어요. 축구하면서 이 시점에는 어디에 있고, 어디에 있고, 어떤 선수가 돼 있을 거다. 구체적으로 목표를 설정해놓고, 수시로 떠올리면서 매일 해야 하는 일들을 했어요. 자신의 의지로 그 꿈이 이루어지도록 만드는 거라고 생각해왔어요. 꿈은 내가 이루는 거다. 내가 이룬다.

'꿈을 꿀 때는 구체적으로 이루고 싶은 그림을 머릿속으로 그려야 그게 현실이 된다' 이런 얘기를 많이 하는데, 지연스럽게 해왔군요. 지금의 목표는 무엇일까요? 올해 목표도 설정해두었나요?

올해 목표는 월드컵 16강. 정말 가고 싶어요. 그다음에 아시안게임에서 우승하고, 2024년 파리 올림픽 본선에 나가는 거예요. 올림픽 본선을 한 번도 못 나갔는데 마지막으로 한번 가보고 싶어요.

영국으로 갔을 때도 그렇고, 한국으로 왔을 때도 그렇고, "당신이 필요하다" 그리고 "같이 만들어가고 싶다"고 얘기해주는 팀에게 크게 끌리는 것 같아요.

첼시로 가는 건 그만큼 시간이 주어져 있던 어릴 때여서 할 수 있는 선택이었어요. 지금 나이에 같은 선택하라고 하면 그렇게 할 수 없어요. 외국으로 나가서 같이 팀 빌딩을 하는 건 그 나이 때에만 할 수 있는 저의 도전이었죠. 그러니까 20대 초반의 지소연과 2014년의 첼시 상황이 비슷하다고 생각했어요. 그렇기 때문에 같이 성장해서 최고의 클럽을 만들면 너무나도 좋겠다고 꿈꾸면서 도전할 수 있었던 거죠.

제가 만약에 서른이었다면 첼시로 안 갔을 거예요. 서른이면 앞으로 선수 생활을 그렇게 길게 할 수 없잖아요. 좀더 준비된 팀에 가서 경기를 뛰고 빠르게 우승하는 게 제일이었겠죠. 그때의 지소연이었기 때문에 내릴 수 있는 선택이었어요.

하지만 현재 지소연 선수는 남녀 통합 클럽으로서 가능성을 보여주는 데 도움이 되어달라는 말에 수원FC로 와서 WK리그에 도전 중이잖아요.

저도 왜 그런지는 모르겠지만, 어떤 선택을 할 때 제가 그곳에 가서 도움이 되고, 함께 성장할 수 있을 때 더 기쁜 것 같아요. 아마 쉽게 주어지는 것보다 노력해서 얻는 것에 대한 기쁨을 경험해서 그렇겠죠.

나이 이야기가 나와서 운동선수의 서른에 대해서도 이야기해보고 싶었어요. 사회에서 또래들은 막 자리 잡기 시작하는 시기잖아요. 사회적 나이보다 직업적 나이가 빠르게 흘러가는 게 운동선수의 삶인데 이런 시간적 한계가 주는 장단점이 있다면 무엇일까요?

다른 일을 하는 친구들보다, 운동선수들은 짧은 시간에 돈을 더 많이 벌고 빨리 자리를 잡는 게 장점인 것 같아요. 그리고 단점은 사회생활을 한 번도 해본 적이 없기 때문에 선수 생활을 마친 후에 진로를 다시 고민해야 하는 어려움이 있다는 거죠. 은퇴 후에 뭘 해야 할지, 제2의 삶을 어떻게 살아가야 되는지에 대한 고민이 일찍부터 있어요.

주변을 보면 창업하는 경우가 대부분인데, 저는 은퇴를 하면 이런 길도 있다고 보여주고 싶어서 고민 중이에요. 특히 후배들에게요.

어떤 길을 고민 중인가요?

지도자나 행정가도 생각 중인 건 아실 테고, 저도 도움을 많이 받고 자랐기 때문에 어려운 친구들이 있으면 도움을 줄 수 있는 사람도 되고 싶어요. 저뿐만 아니라 많은 선수가 같은 마음이고요. 그래서 제가 선수협 회장을 맡고 있는 만큼 어떻게 하면 유소년 친구들을 더 도와줄 수 있을까, 더 나은 환경에서 축구를 할 수 있을까 하는 걸 굉장히 고민하면서 미팅도 가지고 있어요.

재단을 설립하진 않았지만 모임을 조직한 적 있어요. 여자 선수들끼리 돈을 모아서 어려운 친구들을 도와주자고 시작했는데 그게 만만치 않더라고요. 돈을 관리하는 사람도 있어야 하고, 회계가 투명해야 하는데, 모두 현역이라 그 일을 한다는 게 쉽지가 않았어요. 그래서 그런 일을 담당하는 분들을 섭외해서 해보고 싶었는데 도저히 안 되겠어서 끝냈어요. 한 3년 전에.

홍명보 감독님이 하는 장학재단까지는 못하더라도 뭐라도 해보고 싶은 마음이에요. '지소연 상'도 한번 만들어보고 싶고,

장학금이나 물품 지원도 늘려가고 싶어요. 그렇게 도움을 받아서 좋은 선수로 성장하는 선수가 생기면 정말 기쁠 것 같고, 그 선수도 다른 어린 선수들을 돕는다면 좋은 영향력이 계속 이어져 내려가는 거라 뿌듯할 것 같아요.

제가 꿈은 스스로 이루는 거라고, 환경을 탓하기 전에 자기 자신을 먼저 돌아보라고 했지만, 진짜 환경이 중요하고 무시할 수 없거든요. 힘들지만 정말 최선을 다했는데 돈이 없어서 기회조차 받지 못하는 선수들도 많아요. 그래서 그런 선수들을 남녀 구분 없이, 모든 선수가 동등하게 축구하면서 경쟁할 수 있게 돕고 싶다는 생각을 하고 있어요.

동등하게 축구하면서 경쟁할 수 있게 돕고 싶다는 말이 인상적이네요. 그러고 보면 어렸을 때부터 축구를 해오면서 매 순간이 경쟁이고 승부를 가려야 되는 상황에 놓여 있잖아요. 긴장감을 늘 안고 살아야 하고, 항상 준비해야 하다보니 예민해지기 쉽고 힘들었을 것 같은데요.

매일매일 경쟁하면서, 그런 긴장감 속에서 지낸 시간들이 저를 여기 있게 한 원동력이라고 해야겠죠. 제 자리를 지키기 위해서 계속 싸워야 했고, 장점은 키우고 단점을 줄여갔기 때문에 성장할 수 있어요. 그런 매일의 긴장감이 없었더라면 아마 제가 최고인 줄 알고 노력도 안 하고 그 상태에서 멈췄을 거예요.

경쟁을 통해 자신을 거듭 갱신을 하면서 올라갈 수 있었군요. 주전 경쟁이라면, 후배들이 치고 올라오는 순간에 대해서도 생각을 해보았나요?

그동안 제가 'KFA 올해의 선수상'을 일곱 번 받았어요. 물론 받으면 정말 좋죠. 그런데 이번에는 마냥 기쁘지만은 않더라고요. 물음표가 던져지고, 걱정도 되죠. 좀더 후배들이 빨리 치고 올라와줬으면 좋겠어요.

인생에 있어서 어떤 중요한 선택을 할 때 자신의 생각에 따라 판단한다고 얘기한 적 있어요. '최선을 다하면 좋은 결과가 있을 거야'라고 최상을 상상하는 쪽이 있고, '최악은 이거겠지' 하고 대비하는 쪽이 있잖아요. 어느 쪽인가요?

저는 뒤에 벌어질 일은 생각 안 하고, 나아갈 방향만 봐요. 생각을 단순하게 하고 목표만 보는 사람이죠.

어렸을 때 축구를 시작하며 '내가 축구 선수로 성공해야겠다' 하는 강렬한 목표를 세웠는데, 스스로 생각할 때 성공한 사람일까요?

성공이라는 걸 어떤 기준으로 판단하는지 잘 모르겠어요. 다만 제가 은퇴할 때쯤에 지소연이라는 선수가 여자축구 발전에 있어서 정말 큰 기여를 했다고 이름 석 자 남기는 것, 그렇게 되면 성공일 것 같아요. 제 마지막 목표.

그런데 사실 잘 모르겠어요. 제가 스스로에게 '내가 성공한 축구 선수일까' 물어보기도 하는데, 아무래도 다른 선수들이랑 비교를 하면 성공한 선수가 맞는다고 생각해요. 하지만 그 기준으로 성공했다고 얘기할 수 있을지는 모르겠어요.

너무 겸손하시군요. 아니면 아직 성공에 더 목마르거나요.(웃음) "직업에는 귀천이 없다"라고 이야기하지만, 사람들은 어떤 직업이라고 하면 존경하고 박수치면서 '좋은 일을 한다'고 칭송하기도 해요. 지소연 선수가 프로축구 선수여서 뿌듯하거나 보람을 느끼는 점은 뭘까요?

누군가에게 롤 모델이 된다는 게 멋져요. 요즘에 특히 이렇게 기쁜 일이구나 자주 느껴요. 제가 어렸을 때는 그런 대상이 없어서, 지금처럼 제가 롤 모델이 되는 꿈은 꿀 수가 없었어요. 같은 여자 선수로서, 같은 리그에서 뛸 수도 있고, 같은 나라에서도 뛸 수 있는, 그러니까 국가대항전을 같이 뛸 수 있는 그런 대상이 없었어요.

영국에 있을 때는 어린 선수들이 저희 경기를 보면서 꿈을 키우고 영감을 받고 있다는 얘기를 굉장히 많이 들었어요. 편지뿐 아니라 SNS로도 전해주더라고요. "너는 나에게 정말 영감을 주는 선수"라는 말을 들을 때마다 누군가의 롤 모델이 된다는 건 참 벅차오르는 일이구나 했죠. 지금은 누군가의 꿈이 되고 싶어요.

지도자와 행정가

처음 축구 시작할 때는 롤 모델이 지네딘 지단이었다는 인터뷰를
봤어요. 은퇴 이후를 계획하는 입장에서는 참고하고 있는 롤 모델
이 있나요?

솔직히 지금 없어요. 현재 남자 프로팀을 지도하는 선수 출신
여성 감독은 없잖아요. 편견을 깨고 남자 프로팀 지도자를 해
보고 싶기도 해요. 이렇게 생각을 하다보면 제가 또 처음, 최
초가 돼요. 사실 저보다 먼저 누군가가 가줬으면 좋겠어요.
처음으로 가는 길은 정말 수월하지 않으니까요.(웃음)

최근에 한국희 선수 같은 여자축구 유망주들이 롤 모델로 지소연
선수를 꼽고 있는데요. 이런 후배들한테 앞으로 선수로서 이거 하
나만은 중요하게 가져가면 좋겠다고 강조하고 싶은 게 있다면 뭐가
있을까요?

축구를 하면서 돈을 바라보고 하지 않았으면 좋겠어요. 지금
순수하게 국가대표를 꿈꾸는 친구들이 축구에 대한 열정을
잃지 않고 커서도 쭉 이어갔으면 좋겠어요.

성인이 될 때까지도 열정이 지속되는 것, 돈을 좇지 않는다는 것도
정말 중요한 것 같은데, 그럼에도 연봉이 선수로서 가치를 높게 쳐
주는 하나의 기준이 될 수 있고 누군가한테 좋은 제안을 받으면 사

실 흔들릴 수가 있잖아요.

돈이나 혜택 같은 건 축구를 잘하면 자연스럽게 따라오는 부분이라 생각해요. 돈을 좇기보다는 좀더 자신의 실력을 기를 수 있는 팀을 찾고 그 안에서 스스로를 발전시키기 위해 노력하는 것, 이런 것들이 훨씬 중요하죠. 축구뿐 아니라 다른 분야도 똑같은 거죠. 잘하지 못하는데 돈만 따라올 수는 없는 거잖아요.

동의합니다. 목표가 무엇인지 분명히 할 필요가 있겠어요. 본인이 만약 지도자라면 이 감독처럼 해보고 싶다고 생각해본 적 있을까요?

펩 과르디올라 감독의 축구를 좋아해요. 그분한테 한번 배워보고 싶다고 생각할 정도로요. 무엇보다 저도 선수들에게 우승 경험을 계속 줄 수 있는 그런 감독이 되면 참 좋을 것 같아요.

지도자가 되면 진학과 프로 데뷔 가능성에 대해 제자들이 고민 상담을 해오는 경우가 있을 것 같아요. 프로로서 가능성을 가늠할 수 있는 때나 판단 기준이 있을까요? 이전에 고민 상담을 해준 경험은요?

사실 제가 누군가의 가능성을 판단한다는 게 굉장히 조심스러워요. 고민이 된다고 찾아왔던 친구가 있었어요. 저도 어렸을 때라 뭐라고 얘기해줄 수 없어서 좀더 잘되길 바라는 마음으로 새벽마다 함께 운동을 했어요. 제가 잘하는 걸 친구에게 가르쳐주면서 시간을 같이 보냈던 것 같아요.

그 친구는 프로 선수가 됐나요?

아뇨. 지금은 다른 일 하는데, 아주 잘하고 있어요. 근래에 만났는데 "그만두기를 잘 했다"라고 말하더라고요. 정말 현명한 친구이고 잘 살고 있어요.

그렇죠. 거기서 멈춰도 사실 또 다른 길이 있다는 것도 인생을 살면서 배우는 거죠.

지도자가 되었을 때 그런 순간이 온다면 현실적으로 빠르게 답을 해줘야겠죠. 축구만이 답이 아니니까.

축구를 하더라도 공부도 같이 했으면 좋겠어요. 저는 그렇게 못했지만 지금은 충분히 가능하니까 꼭 공부도 같이 하라고, 놓지 말라고 해야죠. 제가 어렸을 때 누군가 이런 얘기를 해주셨으면 좋았을 텐데 하는 아쉬움이 있어요. 물론 제가 스스로 했으면 됐겠지만, 그런 조언을 받았다면 좀 달랐겠지요. 축구만 하면 다 되는 줄 알았으니까요.

이제 와서 공부하려고 해도 어디서부터 어떻게 손을 대야 할지도 몰라서 어려움을 겪고 있어요. 공부라는 게 기본적으로 학교에서 하는 정규 수업을 의미하기도 하지만, 본인이 흥미를 갖는 또 다른 분야여도 좋을 것 같아요. 외국어일 수도 있고, 요리일 수도 있겠죠.

지소연 선수도 영어 공부를 하고 있잖아요.

　8년 반 동안 영국에서 살다 왔더니 "영어 잘하겠네"라는 얘기를 많이 들어요. '안 하면 안 되겠다' 싶어서 해요.(웃음) 나중에 제가 지도자뿐만 아니라 FIFA나 해외 협회 등에 가서 행정 일을 하려면 영어는 필수여서 배우는 중이에요. 그런데 지금은 시즌 중이라 비시즌에 하던 방식으로는 공부를 못 하고 있어요.

　영국에 있을 때 선생님을 집으로 모셔서 바로바로 쓸 만한 영어를 일대일로 배운 적은 있어요. 그런데 제 마음대로 말하고, 안 들리는 건 패스했더니 제대로 안 들리는 게 너무 많아요. 축구 용어 아니면 안 들려요. 은퇴 후 제가 하고 싶은 일을 할 때 좀더 다양한 가능성과 선택지를 갖기 위해서는 지금 영어 공부를 안 할 수가 없어요.

'나는 어떤 축구 선수다'라고, 스스로 표현하는 게 있나요? 지소연이라는 이름 한마디로 다 설명이 되지만, 그럼에도 불구하고요.

　그런 건 없고 동료들한테 존중받는 선수가 되면 좋을 것 같아요. 동료 선수한테 인정을 받는다면 무척 기쁠 것 같다는 생각이 들어요. 그게 최고의 칭찬일 거예요.

그렇죠. 멀리 있는 대중보다는 곁에서 지켜봐준 사람들이 인정해줄 때 그게 제일 큰 거죠.

앞으로 지소연이라는 이름을 기억하게 하는 걸 목표로, 지금으로부터 10년 후 지소연이라면 어떤 모습일까요?

우리 후배들이 좀더 나은 환경에서 축구할 수 있게 돕는 역할을 할 것 같아요. 제가 더 영향력 있는 위치에서 환경을 바꿔야죠. 여자축구에 관심 있는 사람이 영향을 끼칠 수 있는 자리에 서서 목소리를 내야 환경이 바뀌는 거잖아요. 현재는 그렇지가 못해요. 아무리 저희 선수들이 얘기를 해도 우선순위에서 밀리죠. 제가 그 위치에 가게 된다면 여자축구를 잘 아는 만큼 더 도움이 되고 싶고 그래요.

여성 지도자로서 팀을 이끌어보고 싶은 마음도 있지만, 전체적인 환경을 바꾸기는 참 어려울 것 같아서, 행정가가 되고 싶은 마음이 조금 더 크기는 해요. 선수가 아닌 행정가로서 여자축구가 좀더 빠르게 발전하는 데 힘이 되고 싶어요.

누군가의 롤 모델이 된다는 건
참 벅차오르는 일이구나 했죠.
지금은 누군가의 꿈이 되고 싶어요.

지소연이 꼽은 베스트골

1위) 2006년 도하 아시안게임 A매치 데뷔골.

A매치 데뷔골은 인생에서 한 번밖에 없는 거고, 축구 선수라면 누구나 꿈꾸는 순간이잖아요. 이날 대만과의 경기에서 두 골 넣었을 거예요. 첫번째 골을 넣었을 때는 진짜 좋아서 넋이 나갔던 거 같아요. 그래도 두번째 골을 넣고는 셀레브레이션도 했던 거 같네요.

— 대한민국 축구사를 통틀어 가장 어린 선수가 넣은 A매치 골로 기록되었다.

2위) 2015년 잉글랜드 위민스 FA컵 결승골.

첼시 FC 위민 역사상 처음으로 FA컵 우승해서 기억에 남아요. 결승전 전날까지 아파서 경기를 못 뛰겠다 싶었어요. 그런데 매니저 언니가 지극정성으로 돌봐주어서 겨우 뛰었어요. 그런 컨디션으로 전반 37분에 골을 넣은 거예요. 노츠 카운티 레이디스에 1대 0으로 승리했고, 제가 넣은 게 FA컵 결승골로 기록됐어요.

— 웸블리 스타디움에서 골을 넣은 최초의 한국인이다.

(3위) 2015년 FIFA 캐나다 여자 월드컵 페널티킥 골.

코스타리카와의 경기에서 넣은 월드컵 첫 골이에요. 의외로 월드컵에서 골이 없어서, 이게 유일한 골이라 이번 월드컵에서 이를 갈고 있어요.

— 지소연은 A매치에서 총 66득점(2023년 5월 기준)을 기록하고 있다.

(4위) 2022년 AFC 여자 아시안컵 8강 결승골.

우리가 팀으로 준비하면 이길 수 있다는 걸 증명하고 싶었던 경기였어요. 호주가 B조 1위로 올라왔는데, 벼르고 별러서 승리를 가져온 골이었어요.

— 당시 호주는 AFC에서 가장 피파랭킹이 높은 팀이었으며, 2010년 이후 한 번도 이겨보지 못했던 팀이다.

(5위) 미국의 2019년 FIFA 프랑스 여자 월드컵 우승 기념 투어 동점골.

미국에서 1대 1로 비겼어요. 미국이 프랑스 월드컵에서 우승하고 축하하는 자리에 기분 좋게 마무리하려고 저희를 초청했어요. 그날 질 엘리스 감독 고별전이기도 했는데, 들러리 세우는 게 열이 받아서 고춧가루를 착착 뿌렸습니다. 지려고 축구하는 팀이 어디 있겠어요.

— 미국을 상대로 처음 넣은 골이다. 미국 팀의 A매치 17연승을 멈추게 한 골인 동시에 '빅토리 투어'의 유일한 실점이기도 하다.

에필로그

2022년 3월 초, 공을 들고 어색하게 서울 상암에 있는 월드컵 공원 풋살장에 들어섰다. 인조 잔디라 해도 푸릇푸릇한 잔디를 밟으니 기분이 좋아졌다. 마포구 여자들끼리 축구하자고 모인 오픈채팅방 멤버들을 만나는 날이었다.

"오늘 축구 처음이신 분?"

딱 봐도 축구를 배워본 듯한 포스가 있는 분이 진행을 맡았다. 열서넛 남짓 모인 여자들 중 처음인 사람은 나 하나. 축구 룰이야 2002년에 월드컵을 열심히 봐서 대강 알고 있어서 공을 차는 법과 정확히 땅에 깔아서 패스하는 법을 30분 정도 연습했다. 바로 경기 시작. 한 경기당 대략 10분을 진행한다는 말에 내 머릿속에 떠오른 건 '어떻게 10분을 뛰지? 불가능해'였다. 출근길에 지하철을 놓치더라도, 횡단보도 신호가 바뀌어도 절대 안 뛰는 사람? 그게 나였다.

"삐이이익!"

시작 휘슬이 울리고 우리 편이 공을 패스하는 순간, 운동장에서 뛰는 나를 발견했다. 어디에 자리를 잡고 어떻게 공을 받아야 할지 모르고, 상대 팀에게 공이 가면 그저 우르르 공만 보고 몰려가는 모습이지만, 그 안에 내가 있는 건 상상도 해 본 적 없는 일이라서 그저 신이 났다. 심장이 터질 듯해서 3분 만에 밖에 있던 분과 교체도 해보고 다시 뛰고 하다보니 두 시간이 눈 깜짝할 사이에 지나갔다. 서로의 이름도 배경도 모른 채 닉네임으로 부르며 운동하고, "수고하셨습니다" 하고 쿨하게 인사하는 사람들과 헤어져 집으로 향하는 발걸음이 가벼웠다.

축구를 하는 즐거움이 커서, 주변에 열심히 홍보도 하고 SNS에 꾸준히 기록을 남겼다. 아직은 뛰는 속도도 나지 않고 멋진 슈팅도 없지만 어쩌다 우당탕탕 골을 넣으면 날아갈 것 같고, 한 팀으로 뛰는 사람들과 눈빛을 교환하고, 서로 이름을 크게 부르고, 운동장을 구르는(실제로 구른다. 잘 넘어진다) 시간이 쌓일수록, 뒤늦게 축구를 안 게 아쉽고 한편으로는 새롭게 매일 배울 수 있는 것이 있어서 좋은 세계였다.

팀 스포츠인 축구는 그간 해왔던 요가, 수영, 필라테스와는 달랐다. 가장 크게 다른 건 목표하는 몸의 모양이 달랐다. 모든 운동의 핵심은 코어와 근력에 있겠지만 축구는 허벅지가 단단해지고 종아리 알이 생기는 운동이었고 어깨가 다부질수록 몸싸움을 하기 좋았다. 그간 남자의 몸으로 떠올렸던 선이 굵은 몸에 가까울수록 축구에 적합했다. 내 머릿속에 내가 원하는 나의 모습을 바꿔가는 과정도 함께했다. 더불어 선생님의 감독 하에 운동량을 채우는 게 아니라, 같이 이름을 부르고 뛰다보면 시간이 훌쩍 지나 있는 것도 신기했다(근력과 유산소 운동 효과는 덤이다).

승리를 목표로 경기를 함께 뛰는 사람들과 눈빛을 교환하고 서로 이름을 부르고, 우리 팀이 공을 잡고 뛰기 시작하면 공을 받아주러 같이 뛰는 팀플레이를 배우는 것도 좋았다. 내가 아니어도 골을 넣어줄 수 있는 사람을 믿는다. 서로의 합이 맞을 때 골이 들어가고, 골이 들어가면 서로에게 달려가 마음껏 함께 기뻐하는 게 참 좋았다.

이런 세계에 빠져 있던 중, 지소연 선수 인터뷰집 집필 의뢰가 들어왔다. 여자축구 선수로는 독보적인 위치에 있는 지소연 선수라니. 영국에서 한국으로 막 들어왔다는 뉴스는 본 적이 있었다. 믿기지 않는 행운에 첫 만남까지 얼마나 떨었는지. 첫 WK리그를 마치고 미뤄둔 발목 수술을 했다는 소식이 들려왔다. 인터뷰는 그 이후로 미뤄졌다.

첫 인터뷰 준비를 하면서 미처 알지 못했던 한 사람의 놀라운 성장을 보여주는 기록들 앞에 자주 감탄했다. 자신의 분야에서 아무도 가본 적 없는 길을 스스로 개척해나간 사람, 대중의 관심이 일시적으로 쏟아졌다가 사라져도 꾸준히 자신을 갈고닦은 사람, 여자축구팀, 그중에서도 국가대표를 대표하는 사람으로서 큰 책임감을 잘 알고 있는 사람, 앞으로 여자축구의 미래를 위해 기꺼이 무엇이든 해보려는 의지가 굳은 사람. 알면 알수록 매력적인 지소연 선수를 만날 날을 손꼽아 기다렸다.

2022년 12월 13일, 석관동 이리카페에서 첫 인터뷰를 진행했다. 간간이 눈발이 날리기 시작한 오후에 아담한 주택 느낌의 카페에 앉아 있으려니 약속 시간이 채 되기도 전에, 지소연 선수가 도착했다. 프로축구 선수라기에는 키도 체구도 눈에 띄게 큰 스타일이 아니었다. 간단히 인사를 나누고 녹음기를 켜고 마주 앉았다. 단단하면서도 어딘가 친근한 인상이었다. 지소연 선수는 물 한 모금도 마시지 않고 인터뷰 시간 내내 그간 하고 싶었던 말을 천천히 꺼냈다.

이후 몇 차례 더 인터뷰를 진행하면서 나는 지소연 선수의 굳은 심지랄까, 흔들리지 않는 중심에 감동했다. 한 분야에서 끝까지 가본 사람만이 지닌 고귀한 품격을 느꼈다. 막 입문한 사람으로서 축구가 낯선 독자들을 대표한다는 생각으로 초보적인 질문들을 건넸다. 눈높이가 매우 낮은 질문일 수도 있는데, 지소연 선수는 시종일관 설명을 차근히 해주고 많은 걸 알려주려고 했다. 주변 선수들에 대해 이야기할 때면 장난기 어린 표정으로 애정이 고스란히 드러났다.

타고난 성별이 유리한 분야도 아니었다. 대중의 관심이 환호로 쏟아지는 운동 종목도 아니었다. 그럼에도 스스로 확신이 있었던 길이었다. 국가대표로 뛰는 순간, 자신이 가보지 못한 세상에는 아직 더 높은 수준의 선수들이 있다는 걸 깨달았고, 어디까지 갈 수 있을지 상상만으로도 두근거렸다고 했다. 당장의 큰 보상이 없더라도 쉽게 실망하지 않았다. 물론 노력만큼 돌아오는 연봉도 중요했지만 자신이 정상의 위치에 도달

하고 나면, 그 외의 경제적 지원은 자연스레 따라오는 것이라 믿었다. 그보다 실력 면에서 어떤 수준에 이를지 자신을 발전시키고 단련시키는 데 평생을 집중했다.

지소연 선수는 지금까지 이룬 것에 대해 곁에 있어준 사람들에게 감사함을 강조했다. 마음이 해이해질 때마다 긴장을 하게 만드는 진심 어린 충고들에 귀를 기울였고, 자신과 주전 경쟁을 하는 선수의 부지런함에 감동했고, 멋진 플레이를 보여주는 선배의 뒷모습을 보며 더 힘을 내 뛸 수 있었다고 말했다.

동시에 한국 여자축구의 미래라는 수식어에도 부담을 느끼거나 주저함 없이 묵묵히 책임을 다해왔다. 영국 첼시에서 뛰면서 선진 환경과 선수들을 위한 시스템 등 자신이 경험한 걸 빨리 국내에 알리고 싶어했고, 후배들이 한 명이라도 더 유럽에 진출할 수 있도록 도왔다. 이런 경험들이 쌓여야 한국 여자축구의 변화를 조금이라도 더 빨리 앞당길 수 있을 거라 생각했다. 자신만을 생각했을 때는 첼시에서 은퇴하는 것이 더없는 영광이었을 텐데도, 자신을 묵묵히 응원해준 팬들에게 보답하고 WK리그를 경험하기 위해 한국행을 결심했다. 그 누구도 찬성하지 않은 행보에도 자신의 선택에 책임을 지고 여자축구 선수들을 위한 일이라면 어디든 모습을 드러내고 힘을 싣고자 했다. 자신이 지금까지 걸어온 길을 헛되게 만들고 싶지 않은, 원하는 미래를 조금이라도 당기고 싶은 간절함이 컸다.

그렇게 우리 앞에 지소연 선수가 왔다. 영원한 일인자이자 앞으로도 결코 쉽게 만날 수 없을 선수로. 지소연이라는 빛나는 이름을 품고서.

이지은

10